W0403304

HAYMON tb **33**

Originalausgabe
© 2010 Haymon Taschenbuch, Innsbruck-Wien
www.haymonverlag.at/haymontb

Alle Rechte vorbehalten. Kein Teil des Werkes darf in irgendeiner Form (Druck, Fotokopie, Mikrofilm oder in einem anderen Verfahren) ohne schriftliche Genehmigung des Verlages reproduziert oder unter Verwendung elektronischer Systeme verarbeitet, vervielfältigt oder verbreitet werden.

ISBN 978-3-85218-833-1

Umschlag und Buchgestaltung:
Kurt Höretzeder, Büro für Grafische Gestaltung, Scheffau/Tirol
Mitarbeit: Ines Graus
Coverabbildung: Joseph Höger: Ruine Rattenberg (1870), Aquarell, 33,9 × 46,3 cm, Oberösterreichische Landesmuseen/ Graphische Sammlung, Linz
Autorenfoto: Haymon Verlag

Gedruckt auf umweltfreundlichem, chlor- und säurefrei gebleichtem Papier.

Wolfgang Morscher
Berit Mrugalska

Die schönsten Sagen aus Tirol

Wolfgang Morscher/Berit Mrugalska

Die schönsten Sagen aus Tirol

Vom Riesen Haymon

Zu den bekanntesten Sagengestalten im deutschen Sprachraum gehört der Riese Haymon, der später zum Klostergründer von Stift Wilten wurde – aber bis es dazu kam, musste er viele Wege beschreiten, und diese verliefen nicht immer geradlinig.

Es gehört jedoch zum großen Geheimnis der Welt, dass sich erst im Nachhinein gewisse Lebensabschnitte als wichtig herausstellen, und so war es auch bei dem starken Riesen Haymon mit dem germanischen Namen, der sehr wahrscheinlich aus dem Rheintal stammte.

Haymon befand sich im besten Mannesalter – das heißt, er war schon einige hundert Jahre alt –, als er davon hörte, dass es im Inntal einen Drachen gab, der Mensch und Vieh das Leben schwer machte. Da sein letzter anständiger Kampf schon eine ganze Weile her und sein Leben in den vorangegangenen Jahren ziemlich fad gewesen war, packte er seine Rüstung und sein Schwert und machte sich auf, um gegen den Drachen zu kämpfen. Als Haymon nach einigen Tagen raschen Fußmarsches in das Inntal kam, da bemerkte er sofort, was hier los war. Angst und Schrecken herrschten hier, und je näher er zu der gewissen Sillschlucht kam, wo dieser feuerspeiende Drache seine Höhle hatte, desto zerstörter war die Umgebung. Ganze Bauernhöfe fand er in Schutt und Asche gelegt, auf den wenigen grünen Weiden stand kaum noch Vieh, und nur mehr ganz selten konnte er einen Mensch erblicken, der sich nicht schon versteckt hatte, als er sich näherte. Als Haymon nun die Sillschlucht fand, kurz bevor die Sill in den Inn fließt, da bemerkte er gleich den für Drachen typischen Gestank nach Schwefel und Aas.

„Dann werde ich mir mal eine sichere Unterkunft bauen“, sprach er zu sich selber, ruhte sich nicht lange aus, sondern zog sogleich mit einem Baumstamm die Grundrisslinien auf den Erdboden. Erst als es finstere Nacht war, legte er sich für ein paar Stunden hin, um gleich mit dem ersten Sonnenstrahl weiter an seinem Haus zu bauen. Haymon stellte sich dabei besonders geschickt an und bis zum Abend standen bereits die Grundmauern, es fehlte nur noch der Dachstuhl. Den ganzen Tag über hatte er niemanden gesehen, weder Mensch noch Vieh oder gar den Drachen. Es herrschte eine gespenstische Stille und Gespanntheit über dem gesamten Gebiet, doch das bemerkte Haymon nicht, denn Riesen kennen keine Angst. Diese Nacht schlief Haymon besonders fest und erst am neuen Morgen sah er, was in der Nacht vorgefallen sein musste: Jemand war gekommen und hatte seine festen Grundmauern niedergerissen; es sah aus, als hätte jemand mit einem Rammbock hier gewütet.

„Dass ich auch immer so fest schlafen muss", ärgerte sich der riesige Mann und ballte die Fäuste.

„Das kann doch wohl kein Zufall sein? Aber was soll's, ich baue mir mein Haus schon wieder auf! Es schien mir eh fast ein wenig klein, ich werde es noch größer bauen", murmelte er in seinen Bart und hatte bei diesen Worten schon die ersten Steine wieder aufgerichtet.

Denn die Riesen können mittels ihrer Kräfte zwar viel bewerkstelligen, die Worte kommen ihnen aber nur sehr langsam über die Lippen. Der Eifer des Riesen beim Hausbau war enorm, und als er sich diese Nacht zur Ruhe legte, da standen schon wieder die Mauern, nur viel größer als zuvor.

Es graute der neue Morgen und Haymon stand wieder vor einem Trümmerhaufen. Sein Haus war ein weiteres Mal zerstört worden, während er sich von den Strapazen des Tages ausgeruht hatte. Nun aber war es mit seiner Geduld vorbei. Er stieß einen furchtbaren Schrei vor Wut aus, so dass die Erde ein wenig zu beben begann und von den Hängen der Felsschlucht Steine herabstürzten. Da sah Haymon einen Bauern, der ihn erschrocken anschaute und nur mit Mühe sein Gleichgewicht halten konnte.

„Wer war das?“, fragte Haymon den Bauern und versuchte seine Stimme unter Kontrolle zu bekommen.

Der Bauer brachte vor Angst keinen Ton heraus und musste sich auf einen der Steinbrocken setzen, da ihn seine Beine nicht mehr halten wollten.

„Wer hat was gegen mich und mein Haus?“, donnerte Haymon den Bauern an.

„Wird wohl der Thyrsus sein, bei Seefeld droben“, brachte der Bauer schlotternd heraus und zeigte mit der Hand in die Richtung.

Haymon legte nun bedächtig seine glänzende Rüstung an, nahm sein langes Schwert und machte sich über den Zirler Berg auf nach Seefeld. Haymon schäumte immer noch vor Wut; es dauerte gar nicht lange, da sah er ihn, den anderen Riesen. Den, den sie Thyrsus nannten, und der schon vor ihm hier war, weil er schon immer hier gelebt hatte. Natürlich war er es, der ihm heimlich und feige sein Haus zerstört hatte, während er schlief. Ja, so waren sie, die von dem anderen Geschlecht, die nicht zu den Bajuwaren gehörten, sondern zu den Rätern oder anderen Stämmen.

„Hinterhältig und heimtückisch, das wäre der bessere Name für dich“, schimpfte Haymon vor sich hin, „aber du Dümmling wirst nicht einmal wissen, dass du gar keinen Namen hast, sondern einfach nur Riese – Thyrsus – gerufen wirst …“

Nun schaute auch Thyrsus auf, der bei der Feldarbeit war, und nach Art der Riesen mit einem einfachen Fell und ein wenig Baumbart bekleidet war. Instinktiv riss er sich eine Birke aus, und da stand er auch schon vor ihm, der Fremde mit dem zornigen Blick, seiner glänzenden Rüstung, wie sie die Menschen trugen, und mit einem scharfen Schwert. Es wurde nicht lange geredet, es wurde sofort gekämpft, und Thyrsus gab sein Bestes, den Angreifer abzuwehren. Doch Haymons Schwert war flink und Thyrsus fiel zu Boden. Er war an der Ferse getroffen und konnte keinen Schritt mehr gehen, Blut tropfte erst langsam, dann immer schneller herab – es bildete sich eine kleine Lache, die allmählich in dem trockenen Boden versickerte.

„Spritz Bluet – ist für Vieh und Leut' guet", sprach Thyrsus mit zittriger Stimme.

Er riss noch eine Grasscholle aus und stopfte sie sich in die Wunde, doch er brachte die Blutung nicht zum Stillstand und starb bereits kurze Zeit später auf seinem Feld.

„Das ging aber schnell", dachte Haymon bei sich, „das scheint eine delikate Stelle zu sein, da werde ich auch bei mir in Zukunft aufpassen. Da habe ich dem Übeltäter eine verpasst und noch gleich etwas gelernt!", und er ging mit Riesenschritten wieder ins Inntal hinab, um sich sofort wieder an die Arbeit zu machen. Er spuckte kurz in die Hände und legte sorgfältig einen Stein auf den anderen.

„So, heute nun kann ich mich unbesorgt zur Ruhe legen. Hach, ich freu' mich schon auf den morgigen Tag", dachte er noch kurz, bevor er in den Schlaf fiel.

Am nächsten Morgen schlief er ein wenig länger und wurde von einem ungewohnten Stimmengewirr wach. Als er sich den Schlaf aus den Augen gerieben hatte und ein lautes Knurren aus seinem hungrigen Magen hörte, da sah er erst, dass er von mindestens zwanzig Menschen begafft wurde, die alle nur darauf warteten, dass er endlich aufwachen würde. Und nun endlich bemerkte er auch etwas anderes: Sein Haus war in der Nacht ein weiteres Mal zerstört worden.

„Oh nein! Wie kann das sein?“, rief er entsetzt. Er hatte doch den hier sesshaften Riesen Thyrsus im Kampf getötet, wer sollte ihm nun schon wieder sein Haus zerstört haben? Oder sollte er gar den Falschen bekämpft und ein Unrecht begangen haben?

Die Menschen fingen an, nach seiner Fährte zu suchen und zeigten ihm schon bald Aschereste und Spuren von stinkigem, glitschigem Schleim.

„Das kann nur der Drache gewesen, der Silldrache spielt mir jede Nacht also diesen üblen Streich. Das wird es mir heimzahlen, dieses Sauviech“, schwirrte es ihm durch den Kopf.

„Haymon, sieh dich vor, handle nicht unüberlegt“, warnten ihn die Menschen, als er sich im Eiltempo die Rüstung anzog. „Wir wissen nicht viel über ihn. Auf einmal war er da und niemand, der versucht hat, gegen ihn zu kämpfen, wurde jemals wieder lebend gesehen. Wir wissen auch nicht, ob er allein in der Sillschlucht lebt oder ob es noch andere von seiner Sorte gibt. Vergiss nicht, dass sein Blut und seine Zunge giftig sein können!“ Doch Haymon hörte schon nicht mehr zu, er war bereits in der rauschenden Sillschlucht verschwunden.

Die Menschen nun blieben hier an diesem Ort, wo der Haymon sein Haus bauen wollte. Einer von ihnen begann ein Feuer zu machen und eine der Frauen fing an, einen Kräutertee aufzustellen. Schon seit einigen Stunden hörten sie die Kampfgeräusche aus der Sillschlucht hallen. Mal brüllte der Riese, mal brüllte der Drache. Riesige Feuerzungen zuckten in die Luft, an einigen Stellen flogen glimmende Kohlestücke auf und langsam breiteten sich Rauchschwaden aus. Endlich erschien er wieder, der Riese Haymon, und jubelnd hielt er den Menschen die Drachenzunge entgegen, als Zeichen, dass er das Untier besiegt hatte.

„Das war ein Kampf!“ – mehr sagte er nicht, aber das reichte den Menschen und sie feierten ein Freudenfest, wie man es schon lange nicht mehr getan hatte.

In den nächsten Tagen begannen die Menschen, dem Riesen beim Hausbau zu helfen, und das Gebäude wuchs mit jedem Tag und wurde immer prächtiger. Doch Haymon wurde immer wortkarger und erschien den Menschen fast nachdenklich, traurig. Ein Missionar, der aus der Schweiz das Oberinntal herunterkam, gesellte sich zu ihnen und erzählte ihnen vom Christentum. Besonders Haymon schien von seinen Worten angetan zu sein, er fasste großes Vertrauen zu dem Missionar und erzählte ihm von seinen Gewissensbissen, da er den Riesen Thyrsus getötet hatte. Aus Reue und Sühne nahm der Riese Haymon schließlich den Glauben der Christen an und wollte in seinem großen Haus nicht mehr alleine wohnen, sondern gründete das Stift Wilten. Und es dauerte nicht lange, da kamen Mönche, um mit ihm in einer Klostergemeinschaft zu leben.

Die Bauern waren dem Riesen natürlich sehr dankbar, dass er sie von dem Drachen befreit hatte, der ihnen alles, was sie hatten, zerstört hatte. Noch dazu baute er wenig später eine Brücke über den Inn und legte damit die Weichen zur Stadtgründung Innsbrucks. Sie lieferten dem Stift Wilten Zins ab und ließen Haymon die Grenzen von Grund und Boden festlegen. Dazu nahm er einen sehr großen Stein, legte ihn sich auf die Schulter und stieß ihn mit aller Kraft von sich.

„Bis dorthin, wo der Stein fliegt, ist alles mein“, sprach er keuchend.

Und so war es. Noch heute liegt der Stein des Haymon, um ein paar Meter verschoben, in den Wiltener Feldern bei den Sillhöfen. In den Feldern bei Seefeld aber, da hat sich auch der letzte Satz des Thyrsus bewahrheitet. Heute noch wird dort aus dem harten Stein das „Thyrsusblut“ gewonnen, auch Dirsten- oder Steinöl genannt, das Ichthyol, welches vielleicht nicht besonders gut riecht, aber schon manchem geholfen hat.

Der Riese Haymon aber lebte noch einige Jahre, bis zu seinem Tod im Jahre 878, im Kloster. Wie es einem Klostergründer gebührt, wurde Haymon an der bedeutendsten Stelle in der Kirche begraben, und zwar hinter dem Altar. Auf seinen Sarkophag wurde eine Holzstatue gelegt, die ganz nach seinem Ebenbild geschaffen wurde und 12 Werkschuh und vier Zoll lang ist. Im Nachhinein wurde ihm sogar ein Wappen verliehen und er damit in den Adelsstand erhoben: Auf einem Helm ruht ein rotes Kissen, auf dem ein Leopard sitzt. Das Feld des Schildes ist grün, ein weißer Querbalken liegt in der Mitte.

Auch die Drachenzunge wurde in Silber gefasst und im Altarraum aufbewahrt. Beides ist heute noch erhalten und wird im Stift Wilten aufgehoben. Am Eingang der Stiftskirche Wilten stehen heute noch zur Erinnerung die überlebensgroßen Statuen vom Riesen Thyrsus mit der Keule und dem Riesen Haymon mit seinem Schwert.

Frau Hitt

Weit über die Grenzen Tirols hinaus kennt man sie, die Sage der Frau Hitt, manchen ist sie auch unter Frau Hütt bekannt. Ein markanter Felszacken an der Nordkette, hoch über der Landeshauptstadt Innsbruck, trägt ihren Namen, so viel wissen die meisten. Aber wie kam es dazu? Frau Hitt war eine Riesenkönigin und beging einen Brotfrevel.

Lange vor unserer Zeit, als noch nicht einmal die Stadt Innsbruck existiert hat, da lebte hier eine Riesin, die bald zur Königin wurde. Ihre Kühe weideten an den grünen Hängen der Nordkette und gaben reichlich Milch. Bis zu den obersten Bergspitzen reichten die saftigen Wiesen und die Menschen, die für die Riesenkönigin schufteten, hatten viel Arbeit mit Melken und der Weiterverarbeitung der Milch und natürlich auch mit der Vermarktung und mit dem Verkauf. Frau Hitt brauchte sich bald um nichts mehr zu kümmern, mit jedem Tag wuchs ihre Viehherde, und mit jedem Tag wurde sie reicher. So benahm sich Frau Hitt auch bald nicht mehr wie andere Riesen, ihr lag nichts mehr daran, ihre Körperkräfte mit anderen Riesen zu messen, und sie wollte sich bald auch wie eine Königin kleiden. War sie früher noch mit Kleidern aus Leinen und Fell zufrieden gewesen, so trug sie jetzt nur noch Kleider aus feinster Seide, mit Goldfäden durchzogen.

Eines Tages ging ihr Sohn in den Wald zum Spielen und kam erst nach vielen Stunden wieder heim ins Schloss. Doch was war geschehen? – Ihr Sohn war von oben bis unten voll Dreck und Moder. Sein Gesicht war kreidebleich und seine Knie zitterten.

„Ja Bubele“, rief Frau Hitt entsetzt, „wer hat denn dich so hergerichtet?“

Er hatte sich die ganze Zeit so fest zusammengenommen, als er aber die Worte seiner Mutter hörte, da kamen ihm dann doch die Tränen.

„I wollt’ mir ja nur ein Steckenpferd aus einem Tannenwipfel brechen – und da bin I hinuntergekugelt, in den Sumpf hinein.“

Und schluchzend sprach er weiter: „Und da bin i fast nimmer ausserkemmen. I war bold dertrunken, jo, bold dertrunken war i!“

Nun musste die Riesin fast selber mit ihren Gefühlen kämpfen, schnell wandte sie sich an ihren Diener:

„Er nehme feines, weißes Brot und werde meinen Buben damit trocken tupfen!“

Der Diener machte große Augen, war es aber gewohnt, nicht zu widersprechen. Frau Hitt kannte ihn sehr gut und bemerkte daher auch, dass dieser eine Augenbraue besonders weit nach oben zog, wie er es immer tat, wenn er einen ihrer Befehle nicht verstand.

„Und er nehme so viel Weißbrot, wie es eben für meinen Buben braucht, um ihn trocken zu bekommen!“, setzte sie nach.

Die anderen Diener waren in der Zwischenzeit schon in die Küche gelaufen und brachten große Körbe mit frischem, hellem Brot. Als sie nun anfingen das Brot zu brechen und den nassen Dreck von dem Riesenjungen zu wischen, da verfinsterte sich der Himmel. Ein gewaltiges Donnern ertönte und die Erde fing an zu beben. In rasender Geschwindigkeit ereigneten sich nun die Dinge, und dennoch erschien es den Anwesenden wie Stunden. Einzig die Blitze, die über den nachtdunklen Himmel zuckten, erhellten für Sekundenbruchteile die Szenerie. Schwere Gesteinsmassen lösten sich aus der Nordkette und nahmen auf ihrem Weg ins Tal alles mit, was sich ihnen in den Weg stellte. Tonnen von Gestein rollten herab, es wollte einfach kein Ende nehmen, und bereits nach wenigen Minuten konnte man das frühere Reich der Frau Hitt nicht mehr wiedererkennen. Wo vorher noch grüne saftige Wiesen waren, da gab es nur mehr karge Felswände in einem fahlen Grau. Auch von dem prächtigen Schloss der Riesenkönigin war nichts mehr zu sehen – einzig Frau Hitt selber, die noch schnell zu ihrem Buben gelaufen war und ihn in ihre Arme geschlossen hatte, war für alle weithin zu sehen. Versteinert stand sie da, hoch oben am Felsenkamm der Nordkette. Sie hatte ihre Lektion erhalten und sollte nun für jeden, der hier vorbeizog, ein Mahnmal sein.

Die Innsbrucker Bevölkerung kennt jedoch noch eine Version, wie es zu der Versteinerung von Frau Hitt kam:

An einem schönen Tag machte Frau Hitt mit ihrem Gefolge einen Ausritt in die herrliche Umgebung. Auf dem Rückweg ins Schloss begegnete ihr eine Bettlerin, die dort mit ihrem kleinen Jungen in der Sonne saß, um sich zu wärmen. Beide hatten Hunger und beiden war kalt, vor allem aber dem kleinen Sohn, denn er war fast nackt. Schon von weitem sah man die Riesenkönigin herannahen; ihre Kleider, die mit Gold und Edelsteinen besetzt waren, glänzten und blitzten wie die Sonne selber.

Schwach richtete sich die junge, aber völlig entkräftete Frau auf und streckte bittend die Hand aus:

„I bitt di, hast du wohl eine milde Gabe für uns?“, fragte sie demütig.

„Ich habe selber nichts, was könnte ich dir schon geben, was bildest du dir eigentlich ein?“, antwortete Frau Hitt.

„Ja, hast du nit wenigstens ein Stück Brot für uns, wir haben entsetzlichen Hunger“, bat die Mutter.

Da lehnte sich die Frau Hitt zur Seite und brach einen Stein aus der Felswand.

„Da hast du dein Stück Brot für dich und deinen Balg!“, sprach die Riesin höhnisch lachend.

Doch nun stand die junge Mutter auf, mit erhobenem Kopf und eiserner Stimme brüllte sie die Worte heraus:

„Und so hart wie dieser Stein und wie dein Herz bereits ist, so sollst auch du werden!“

Da kamen tiefschwarze Wolken und verfinsterten den Himmel, Gesteinslawinen brachen von der Nordkette herab und bedeckten alles, was früher grün und fruchtbar gewesen war und was je von Menschenhand gebaut worden war. Frau Hitt aber konnte sich von diesem Moment an nicht mehr bewegen, sie war versteinert, und wie von unsichtbarer Hand wurde sie auf den Rand der Nordkette gestellt, so dass man sie aus der ganzen Umgebung sehen konnte. Auch heute noch steht sie hoch über Innsbruck und erinnert daran, was einst geschah.

Doktor Paracelsus und der Teufel

Über Hötting am Berg steht der sogenannte „Spitzwald“, dort, wo der Stangensteig beginnt, von welchem ein Teil, der zum Schutz gegen abbröckelndes Gestein nicht gefällt werden darf, der „alte Bannwald“ heißt. Über diesen Bannwald erzählt eine alte Höttinger Sage Folgendes:

In der Zeit, als der Wunderdoktor Paracelsus in Innsbruck wohnte, war es ihm zur Gewohnheit geworden, in den nahegelegenen Wäldern wandern zu gehen, und so kam er an einem frühen Sonntagmorgen auf den Stangensteig. Dort angekommen, hörte er plötzlich seinen Namen rufen: „Paracelsus! Paracelsus!“

Der Doktor schaute sich um und merkte erst nach langem Schauen, dass die Stimme aus einer nahen Tanne kam. Rechts am Stamm fand er ein kleines Loch, das mit einem Holzzapfen zugepfropft war, auf welchem drei Kreuze eingeschnitzt waren. Aus diesem Löchlein im Baum musste die Stimme kommen, und Paracelsus erfuhr durch ein geschicktes Frage-Antwort-Spiel, dass hier der Teufel persönlich eingesperrt war. Das hatte ein kundiger Teufelsbanner aus Innsbruck getan.

„Was gibst du mir, wenn ich dich herauslasse?“, fragte Paracelsus.

„Was willst du?“, antwortete die hohe Stimme aus dem Baum.

„Als Erstes möchte ich eine Arznei, mit der man alle Krankheiten heilen kann, als Zweites eine Tinktur, mit der man alles in Gold verwandeln kann, und als Drittes ...", doch hier wurde Paracelsus von der Stimme im Baum unterbrochen.

„Stop! Genug!", rief der Teufel, „ich mag die Dreizahl nicht, auf diesen Trick falle ich nicht noch einmal rein. Die zwei Dinge kannst du also von mir haben, aber damit ist genug. Und schließlich und endlich musst du mich erst einmal herauslassen."

„Nun gut", sagte der junge Doktor und zog den kleinen Zapfen aus dem Stamm, woraufhin auch schon eine schwarze Spinne herauskroch und sich an einem langen Spinnenfaden auf den Erdboden abseilte. Wenig später stand ein hagerer Mann mit glühenden Augen vor ihm, dessen Aussehen ganz sicher nicht an das Äußere eines Heiligen erinnerte.

„Ich danke dem Paracelsus und werde auch sofort meinen Teil des Handels erfüllen", sprach galant der Teufel und brach eine Haselstaude ab, schlug auf den nahen Felsen, der sich krachend spaltete, und ging durch einen Spalt hinein.

Es dauerte nicht lange und schon war er wieder da, zwei durchsichtige Ampullen in den Händen haltend, die oben verschlossen waren.

„Die gelbe hier ist die Goldtinktur, die durchsichtige die Arznei", sprach der Höllenfürst und übergab Paracelsus die zwei erfüllten Wünsche. Der Spalt im Felsen schloss sich wieder, denn das Geschäftliche war erledigt.

„Nun aber werde ich mich mit dem lumpigen Geisterbanner in der Stadt beschäftigen", meinte der Beelzebub und wollte schon seinen Hut zum Abschied lüpfen, da wirbelten dem Paracelsus die Gedanken nur so durch den Kopf. Wenn er nichts unternehmen würde, dann würde der fremde Schwarzkünstler wahrscheinlich vom Teufel geholt werden, und das wollte er natürlich verhindern, dass ein Berufskollege durch ihn den Tod finden würde.

„Das ist eine weise Entscheidung“, merkte Paracelsus an, „und das wird keine leichte Arbeit werden, denn dieser Mann muss ein großer Zauberer sein, dass er es geschafft hat, den Höllenfürsten in ein so kleines Loch zu bringen. Und noch dazu in der winzigen Gestalt einer Spinne!“

„Ah, nix da!“, lachte der Teufel höhnisch. „In eine Spinne verwandeln kann sich jeder ordentliche Teufel und Kriechen ist keine Kunst, das haben wir von den Menschen gelernt, dafür brauchte es doch keinen Geisterbanner!“

„Geh, plausch nit so in d’ Welt hinein, mich führst d’ nit an!“, erwiderte Paracelsus. „Ich habe mein Lebtag von Teufelsspuk gehört und viel davon gesehen. Die Verwandlung in eine Habergeiß, in Beißwürmer und in anderes Getier, das ist nichts Großes – die Verwandlung in eine Spinne aber, das kann nicht jeder.“

„Hast du keine Augen im Kopf, wirst wohl gesehen haben, wie ich als Spinne aus dem Loch gekommen bin“, antwortete der Teufel und wurde nun schon ein wenig ärgerlich.

„Oh mei, Blendwerk, nichts als Blendwerk war das“, sagte der Doktor, „du bist ein Lügenbeutel und ein Prahlhans, euch Teufeln hat ein größerer Herr schon lange das Handwerk gelegt. Ja, ich würde sofort meine zwei Wunderflascheln wieder verwetten, wenn du mich davon überzeugen könntest.“

„Topp! Es gilt!“, rief der dumme Teufel und verwandelte sich wirklich wieder in eine Spinne und kroch in das Loch in der Tanne. „Nun schau! Siehst du’s, die Flascheln sind mein!“

„Nein, nein, ich glaub’s nicht recht“, schrie Paracelsus ins Loch hinein und steckte das Zäpflein, welches er die ganze Zeit über in der Hand verborgen hielt, schnell auf das Loch und schlug es mit der Faust fest hinein. Dann kerbte er mit einem Messer die drei Kreuze noch tiefer – der Teufel war wieder gefangen.

Da nützte kein Bitten und kein Drohen und auch die Wut, mit welcher der Teufel im Stamm rumorte und am Stamm rüttelte, so dass alle Tannenzapfen von den Ästen flogen, war vergebene Liebesmüh. Paracelsus ging nun voll Spannung über die zwei gewonnenen Zaubermittel zu sich nach Hause und probierte sie in seinem Laboratorium sofort aus. Und wirklich, die Mittelchen hielten das, was sie versprachen, und er wurde durch sie der reichste Mann und der berühmteste Zauberer im Alpenraum. Der Teufel soll aber noch immer in einem Baum am Stangensteig gefangen sein, und schon mancher soll gesehen haben, wie der Baum vom Innern heraus geschüttelt wurde. Auch die Bezeichnung Bannwald soll von dem in den Baum gebannten Teufel stammen.

Das Höttinger Kasermandl

Es ist schon viele Jahre her, da gingen einmal drei Jäger von Hötting auf die Jagd. Weil sie sich aber in der Zeit vertan hatten, es war bereits Spätherbst, wollten sie am selben Tag nicht mehr heimgehen, sondern gingen zur „Umbrüggler Alm“, um in der Hütte zu übernachten. Allen dreien waren die Erzählungen vom Höttinger Almputz bekannt, aber welches gestandene Mannsbild glaubt schon an solche Ammenmärchen?

In der Hütte machten sie sogleich ein Feuer und es dauerte gar nicht so lange, da wurde es wohlig warm.

„Sonst müssen halt wir zusammenkriechen und uns wärmen, ich hab ja eigentlich die Weiber lieber, aber in der Not nehm ich auch ’nen Bärtigen mit ins Bett“, spöttelte der Eine.

„Bevor ich mit dir unter eine Decke krieche, mache ich mir lieber selber warme Gedanken“, gab der Zweite lachend zur Antwort.

„Da würd’ das Kasermandl wohl Augen machen, was in seinem Winterquartier so alles getrieben wird“, sagte der Erste keck und suchte sich ein Holzscheit, nahm sein Taschenmesser und begann zu schnitzen.

Der jüngste der drei Jäger sagte nichts dazu und begann den Tisch für ihre Jause herzurichten. Als sie miteinander beim Essen waren, zog der Erste das bearbeitete Holzscheit hervor und machte noch schnell mit seinem Taschenmesser ein paar Hiebe ins Holz:

„Sodala, jetzt hast a Pappen und zwei Augen, und wart’“, der Schnitzer stand auf und sah sich in den dunklen Ecken der Hütte um. Er fand dort einen Hut, den er der Holzpuppe aufsetzte und einen alten „Huder“, den er der Puppe umhing. „Ha, wenn das nicht das Höttinger Kasermandl ist“, rief er lachend und schenkte allen einen großen Schnaps ein. „Prosit, aufs Kasermandl“, und alle drei leerten ihre Gläser.

„Ja, Kasermandl, du hast nicht ausgetrunken, das gehört sich aber nicht, gell“, und nun fing er an, der Holzpuppe den Schnaps in den Mund zu kippen. „Und gessen hast auch nichts, sind wir etwa nicht die richtige Gesellschaft für dich“, und stopfte ihr Speckstreifen in den Holzmund.

„Jetzt reicht’s, hört auf mit euren Faxen, das ist ja nicht zum Aushalten“, ermahnte der Jüngste die Jagdfreunde, doch er bekam nur zur Antwort, dass er ja gehen könne, wenn er’s nicht mehr aushielte.

Der zweite der Jäger bog sich vor Lachen und schaute unter den Lumpen, mit dem die Puppe bedeckt war, „wird’s wohl kein Weibele sein, das sich ziert, mit uns zu zechen. Aber was sehe ich denn da, ich glaub, da fehlen noch ein paar Details“, und die Jäger hörten gar nicht mehr auf mit ihren derben Späßen.

In dem Augenblick zog draußen ein Gewitter auf und es fing zu blitzen und zu donnern an, so dass der Jüngste zitternd auf den Heustock ging und sich warm einkuschelte. Als die beiden anderen trotz Blitz und Gekrache ihr Spiel fortsetzten, da tat es ganz nahe bei der Hütte einen so gellenden, unheimlichen Pfiff, dass die Frevler windelweiß wurden und den hölzernen Putz schleunigst ins Feuer warfen. Wie von der Tarantel gestochen, schwangen sich die zwei auf den Heustock hinauf und versteckten sich im Heu. Doch da stand er schon vor ihnen, der leibhafte Almputz. Den Jüngsten zog er an den Haaren aus dem Heu und gab ihm eine gehörige Maulschelle, dass ihm der Kopf dröhnte und die Zähne aufeinanderschlugen. Dem Zweiten versetzte er einen solchen Schlag auf den Fuß, dass er zeitlebens davon hinkte.

Dem Ältesten aber, der „den Poppen“ geschnitzt und am rohesten gespaßt hatte, den nahm er mit sich, und seine zwei Kollege konnten ihn noch eine Weile furchtbar schreien hören, bis er immer leiser wurde. Mit Entsetzen erwarteten die beiden, die noch gut mit ihrem Leben davongekommen waren, den Morgen. Als sie dann vor die Tür traten, fanden sie den abgerissenen Kopf ihres Kameraden auf das Hüttendach gespießt. Nun suchten sie geschwind das Weite und vergaßen die Begegnung mit dem Höttinger Kasermandl ihr Lebtag nicht mehr. Auf die „Umbrückler Alm“ sind sie nie mehr hinaufgestiegen.

Niemand darf auf die Almen nach der Almabfahrt der Sennen im September gehen, denn dann zieht das Kasermandl mit seinen gespenstigen Herden auf dieselben. Man hört das Glockengeläut der Kühe, sowie des Mandls heiseren Ruf. Es ist gutmütig und wird nur boshaft, wenn man es reizt.

Ein Höttinger Bauer wollte es dabei einmal von der Tenne aus beobachten und schaute zu einem kleinen Loch, das er sich in einen Balken gebohrt hatte, hinaus. Als das Kasermandl kam, ging es zu diesem Löchlein und schlug einen Zapfen hinein, der nun im Auge des Neugierigen steckte. Vergeblich versuchte er das Hölzlein aus seinem Auge zu ziehen, um sich von dem Schmerz zu befreien. Zum allgemeinen Gespött musste er ihn ein ganzes Jahr lang im Gesicht zur Schau tragen, bis ihn das Kasermandl, als sich der Bauer im folgenden Jahre um dieselbe Zeit abermals dort hinstellte, wieder herauszog.

Wer in der Zeit auf die Alpe kommt, in der das Kasermandl droben haust, der kommt ganz sicher nicht ungeneckt davon. In der Nacht wird er kein Auge zutun können, denn dann spült das Kasermandl Schüsseln oder reibt Trichter ab oder verrichtet sonstige Almarbeit. Auch andere „Tratzereien“ wird er erleiden und über sich ergehen lassen müssen und wehe dem, der schimpfen oder fluchen würde.

Der „Steiner Ler“, jetzt Unterbrückler Senn, hat dieses Mandl schon öfters gesehen, es ist klein, graubärtig und grau gekleidet und muss für das büßen, was es zu Lebzeiten getan oder eben unterlassen hat. Es kann sein, dass es den von ihm verschwendeten Almnutzen wieder einbringen muss. Jedes Stäubchen Mehl und jeder Tropfen Milch, die es damals in leichtsinniger Weise verschüttet hat, muss es jetzt vom Boden aufklauben und damit kochen und Butter und Käse bereiten. Oder es muss sich um das unter seiner nachlässigen Obhut zu Grunde gegangene Vieh kümmern.

Eine arme Mutter in der Höttinger Au schickte vor vielen Jahren ihre beiden Kinder in den Wald oberhalb Hötting, um Feuerholz zu sammeln. Die Kinder hatten schon ein Bündel Reisig gesammelt, da fing es an zu schneien. Und als sie sich verwundert umsahen, kannten sie die Gegend nicht mehr und wussten den Weg nicht mehr. Da sah das Mädchen, das etwas älter war, nicht weit entfernt von ihnen Rauch von einer Hütte aufsteigen. Es wurde schon langsam dunkel, und so beschlossen die Geschwister zur Hütte zu gehen, um dort die Nacht zu verbringen. Als sie vor der Holztür angekommen waren, da brauchten sie gar nicht erst zu klopfen, sie wurden bereits von einem kleinen Männchen mit dünnen Armen und Beinen und einem dicken, kugeligen Bauch erwartet.

„O mei, Kinderlen, da seid's ja endlich, ich warte ja schon auf euch. Kommt's herein, ich habe derweil a gute Mus übergetan", sprach's und dabei wippte sein langer Bart, der ihm bis auf die Brust reichte.

Die Kinder traten tapfer in die fremde Hütte ein, setzten sich und begannen mit großem Appetit, das herrliche Rahmmus zu verspeisen. Als sie genug gegessen und sich aufgewärmt hatten, wurden sie unglaublich müde, und das Kasermandl zeigte ihnen ihren Schlafplatz im Heu. Sie sprachen noch ihr Nachtgebet und schliefen sofort ein. Als sie am nächsten Morgen aufwachten, schien bereits die Sonne und der Himmel war tiefblau. Es war ihnen, als hätten sie lange nichts mehr gegessen, so großen Hunger hatten sie, und wieder hatte das Kasermandl ein besonders gutes Rahmmus für sie gekocht. Die Kinder nahmen ihr gesammeltes Holz und das Mandl zeigte ihnen den Weg nach Hause. Zu Hause angekommen, klopften sie an die Haustür und ihre Mutter öffnete ihnen die Tür. Doch erkannten sie sie fast nicht wieder, sie war abgemagert und kreideweiß im Gesicht, unter den Augen lagen tiefe, dunkle Schatten – sie schlug die Hände vors Gesicht und begann bitterlich zu weinen, und erst nach einigen Minuten besann sie sich und nahm beide auf einmal in den Arm. Die Mutter dachte im ersten Augenblick, die Geister ihrer Kinder stünden vor der Tür, denn sie hielt beide für tot und hatte sich die Schuld dafür gegeben. Die Kinder erzählten der Mutter, dass sie die Nacht beim Kasermandl auf der Alm geschlafen hätten und erfuhren dann zu ihrer Verwunderung, dass es bereits Frühling sei und sie den ganzen Winter oben beim Kasermandl geschlafen hätten. Dann zeigten ihr die Kinder auch den Laib Brot, den ihnen das Höttinger Kasermandl geschenkt hatte. Täglich schnitten sie von nun an davon ab, es schien niemals aufgebraucht zu sein. Da rief die Schwester eines Tages verwundert aus:

„Ja, wird der Laib denn nie gar?“, da war es um den Zauber dieses immerwährenden Geschenks geschehen und es wurde kleiner.

Vom Kanzler Biener und dem Bienerweibele

Wilhelm von Biener, auf Schloss Büchsenhausen in Innsbruck ansässig, war ein sehr freisinniger Mann voll Begabung zur Satire in derber Form, deren Spitze er gegen die Stände des Adels und der höheren Geistlichkeit kehrte und sich dadurch auf den Tod verhasst machte. Aber er stand sehr hoch in der Gunst der Erzherzogin Claudia de Medici und diese verstand es, den ihr treu ergebenen Staatsmann zu schützen.

Schon zu ihren Lebzeiten gab es allerdings gewisse Vorzeichen, dass dem Kanzler Biener kein gutes Ende gewünscht wurde. Als die Erzherzogin Claudia und die Tiroler Landstände mal wieder Streit mit den Hochstiften von Brixen und Trient wegen der Hofsteuer hatten, da schrieb ihnen der Kanzler Biener. Und der geübte Schreiber traf die Fürstbischöfe, die sich mal wieder weigerten, die Hofsteuer zu zahlen, mit seinem feinen Spott zutiefst, ja, der Weihbischof von Brixen soll beim Lesen ausgerufen haben:

„Die Hand, die das geschrieben hat, verdient abgehauen zu werden."

Als dann am 2. August 1648 die Erzherzogin Claudia de Medici verstarb, gelang es den Gegenspielern von Kanzler Biener ihn abzusetzen und einen Haftbefehl gegen ihn zu veranlassen. Am gleichen Tag noch wurde das Schloss Büchsenhausen von den neuen Beratern durchsucht und sämtliche Schriften und Papiere des Kanzlers wurden mitgenommen. Darunter befanden sich auch die Satiren, die den Gegnern ein sehr willkommener Fund waren. Der Kanzler, welcher der Erzherzogin immer treu und loyal zur Seite gestanden hatte, wurde des Hochverrats beschuldigt und gefangen genommen. Und es sah nicht gut aus für den Kanzler, denn seine Feinde saßen ihm nicht nur auf der Anklagebank gegenüber, sondern auch als Richter.

Als ihn seine Frau im Gefängnis besuchte und sie ihm sagte, dass sie sich große Sorgen um sein Leben mache, da tröstete er sie und sprach:

„Es müsste ja kein Gott im Himmel sein, wenn man mich als Unschuldigen hinrichten würde. Hab keine Angst um mich!"

Doch es kam nicht so, der ehemalige Kanzler sollte in Rattenberg öffentlich enthauptet werden. Seine Frau flehte um Gnade, ja, sie schrieb zum Kaiser selber, der in letzter Minute das Gnadengesuch bewilligte. Schnell wurde ein Reiter nach Rattenberg geschickt, doch schon gleich in Mühlau wurde der Bote in ein Gasthaus von Präsident Schmaus gelockt, dem Hauptfeind Bieners, und auf ein oder mehrere Biere eingeladen. Als sich dann der Reiter wieder seiner eigentlichen Bestimmung erinnerte und sich am Nachmittag schleunigst auf den Weg zur Richtstätte machte, da war es bereits zu spät, das Urteil war um 10 Uhr vollstreckt worden.

Bevor der Kanzler aber durch das Schwert gestorben ist, soll er noch seine Unschuld beteuert und den Verräter verflucht haben:

„So wahr ich keines der mir vorgeworfenen Verbrechen schuldig bin, ruf' ich meinen Verräter binnen eines Jahres vor Gottes Gericht."

Nach der Hinrichtung durch das Schwert lagen neben dem Kopf des Kanzlers auch drei Finger seiner rechten Hand.

„Ich mache nun schon lange meine Arbeit und bin einer der Besten meines Fachs", sprach der Scharfrichter, „aber wie das geschehen ist, kann ich nicht erklären!"

Und damit sollte sich der Ausspruch des Brixner Weihbischofs bewahrheiten. Auch der Schurke Schmaus war wenige Tage später nur mehr eine Leiche. Am nächsten Morgen wurde in Rattenberg für den Hingerichteten eine Messe gelesen, da erschien dem Priester der Geist des Kanzlers:

„Sag ihnen am Gericht in Innsbruck, dass ich unschuldig gestorben bin. Und sage ihnen auch, dass es sehr grausam ist, den Kopf eines Enthaupteten, statt ihn sanft hinzustellen, auf die Erde zu werfen oder fallen zu lassen. Im Kopf nämlich lebt noch eine Zeitlang der Geist oder die Seele mit vollem Bewusstsein weiter. Daher ist der abgeschlagene Kopf höchst empfindlich und spürt einen fürchterlichen Schmerz."

Als dann die Frau des Kanzlers Biener von der Hinrichtung informiert wurde, da verstand sie die Welt nicht mehr und fing an, sogar den Herrgott selber zu bezweifeln. Rast- und ruhelos irrte sie durch das gesamte Schloss und schrie unaufhörlich:

„Es ist kein Gott! Es ist kein Gott!"

In ihrer Trauer stürzte sich von einem hohen Felsen und wurde völlig zerschmettert gefunden. In Hötting wurde sie dann in der alten Kirche links vom Altar begraben, sie erhielt auch einen Grabstein, welcher keine Schrift, sondern nur ein Kreuz trägt.

Seitdem geht ihr Geist als „Bienerweibele" öfters in Büchsenhausen um, denn sie kann keine Ruhe in ihrem Grab finden. Viele haben sie gesehen und sie wird von allen gleich beschrieben. Sie ist dunkel gekleidet und trägt ein kleines schwarzes Samtjäckchen, passend dazu auf dem Kopf ein Ohrenhäubchen mit schwarzen Spitzen. Auf dem Hinterkopf trägt sie eine kleine beeindruckende Juwelenkrone, welche eine vergoldete Silbernadel im Zopf festhält. Langsam und ernst schreitet der weibliche Geist durch alle Zimmer und geht sogar durch fest verschlossene Türen. Meistens erscheint sie dem Hausherrn oder der Frau des Hauses vor dem eigenen Tod und übermittelt ihnen eine wunderbare Tröstung. Sie zeigt auch bevorstehende Todesfälle in der Familie an und tut niemandem, der sie nicht beleidigt, etwas zu Leide. So ein Frevel gegen sie geschah im Jahr 1720, der besagte Mann wurde am nächsten Morgen mit umgedrehtem Kopf tot im Bett aufgefunden.

Der Tod der schönen Philippine Welser

Philippine Welser war die Tochter eines reichen Augsburger Patriziers und Kaufmanns und heiratete auf Grund ihrer wilden und leidenschaftlichen Beziehung Erzherzog Ferdinand II. aus echter Liebe und Überzeugung. Da in der Mitte des 16. Jahrhunderts eine Hochzeit zwischen einem Adeligen und einer bürgerlichen Dame nicht anerkannt wurde, mussten sie heimlich heiraten, was zwar vor der Kirche rechtsmäßig war, im weltlichen Leben aber nicht galt und in manchen deutschen Städten sogar strafbar war. Die Kinder der zwei Liebenden zählten somit auch nicht als standesgemäße Nachkommen. Die beiden führten eine glückliche Ehe mit viel Freude für Kultur, Reisen und Natur, aber in der politischen Karriere Erzherzog Ferdinands gab es natürlich eine Menge Ärger.

Trotzdem blieb ihre Ehe eine glückliche und leidenschaftliche, Philippine brachte zwei Söhne und dann Zwillinge, welche allerdings früh verstarben, zur Welt. Ihr Mann, der auch Tiroler Landesfürst war, schenkte ihr Schloss Ambras in Innsbruck, wo sie sich sehr wohlfühlten, und so wurde das Anwesen zu einem Renaissanceschloss umgebaut. Die schöne Philippine interessierte sich besonders für Kräuter sowie Heil- und Kochkünste und begann ihr Wissen sogar in einem Buch aufzuschreiben. In dieser Zeit hatte man eine andere Einstellung zur täglichen Körperhygiene: Vor Wasser hatte man Angst, da es Krankheiten übertragen könne, und daher wurden die nicht von Kleidern bedeckten Körperstellen lediglich mit einem trockenen Tuch abgerieben. Ja, man dachte sich die dadurch entstehende Schmutzschicht am Körper als eine Art Schutzschicht, die die Keime daran hinderte, durch die Hautporen in den Körper einzutreten. Doch Philippine erkannte diese Hygienevorschriften als falsch: Bei den Umbauarbeiten auf Schloss Ambras ließ die schöne Philippine für sich ein eigenes Badebecken einbauen, was bei den Arbeitern natürlich ziemliche Verwunderung hervorrief.

Die schöne Fürstin ist, wie man sich in Innsbruck erzählt, eines nicht-natürlichen Todes gestorben. Ihre Schwiegermutter, Anna von Böhmen und Ungarn, konnte es ihr nie verzeihen, dass ihr erlauchter Sohn eine Bürgerstochter geheiratet hatte, und hätte sie lieber tot als lebendig gesehen. Deshalb wurden der schönen Philippine, als sie einst im Bad lag, die Adern geöffnet, dass sie darin verbluten musste. Es könnte natürlich auch mittels einer Betäubung durch Opium passiert sein oder durch eine Überheizung des Bades. Nach der Meinung der Tiroler Einwohner wurde die nicht standesgemäße Landesfürstin in ihrer Badewanne ermordet. Noch heute zeigt man auf Schloss Ambras das Badezimmer, in dem dies geschehen ist.

Riese Serles

Wer kennt sie nicht, diese imposante Bergspitze im Stubaital, die bis weit ins Inntal und ins Wipptal sichtbar ist? Stolz stehen sie da, die drei Felszacken, die spitz nach oben ragen und das Tagesziel für so manchen Wanderer darstellen.

Vor einer sehr langen Zeit jedoch verstand man unter dem Namen Serles nichts Positives, denn Serles war ein roher Riese, der hier als Bergkönig in den Stubaier Alpen hauste. Seine Frau und sein Geheimrat waren ihm ebenbürtig, und zu dritt waren sie ein furchtbares Gespann, das nur Unheil unter Mensch und Tier anrichtete. König Serles liebte es zu jagen, nichts war ihm heilig außer der Jagd, seinen Pferden und den Schweißhunden. Wenn er einem Hirsch mit seinem Gefolge auf der Spur war, da kannte er kein Halten mehr, wie drei Besessene waren sie hinter dem Tier her. Viele der Einheimischen sprachen von ihm auch als den „Wilden Jäger", da er sich so grausam und wild wie dieser Dämon verhielt. Wenn seine Hunde einem Tier auf der Spur waren, dann war es ihm egal, ob sie durch eine Viehherde preschten und die Tiere alle auseinandertrieben. Es kümmerte ihn auch nicht, dass Weidetiere dabei verletzt wurden oder sogar von den wilden Hunden angefallen und zerrissen wurden. König Serles ritt mit Frau und Berater einfach vorbei und sie lachten dabei.

„Lustig Gejaid, lustig Gejaid, lustig Gejaid!“, konnte man sie dazu noch rufen hören, als wollten sie die Schweißhunde noch zu weiteren Taten anspornen.

Wenn einer der Hirten versuchte die hetzende Meute abzuwehren, dann musste sich dieser auf eine entsetzliche Strafe von König Serles gefasst machen. Doch einmal, da konnte ein junger Hirte nicht mehr mit ansehen, wie die wilden Hunde auf seine Schafe losgingen und eines nach dem anderen packten. Sie bissen die Schafe in ihre Körperöffnungen, und nun brauchten sie sie nur mehr bei lebendigem Leib aufzureißen. Und weiter ging es gleich zum nächsten wehrlosen Schaf, das den Hunden körperlich weit unterlegen war. Als die Hunde nun auch noch ein trächtiges Mutterschaf gerissen hatten, da ergriff der Hirte seine Armbrust, legte den scharfen Bolzen auf und schoss einen der Hunde des Königs Serles nieder. Doch das ließ sich der Bergkönig nicht gefallen – ein kleiner Hirte wagte es, einen seiner vielgeliebten Hunde bei der Jagd zu erschießen?

„Na warte, du kleiner Hütbua, jetzt bist halt du dran!“, schrie der riesige Serles.

Und auf das Kommando von König Serles fielen nun die wütenden Hunde über den Hirten her und begannen ihn mit ihren scharfen Zähnen bei lebendigem Leib zu zerreißen. Angespornt wurde die Meute von Serles, seiner Frau und seinem Ratgeber, die herrlich erregt waren über diese neue Wendung der Jagd. Der Hirte schrie aus Leibeskräften, so lange er noch konnte. Als er sein Leben ausgehaucht hatte, da lachte der König, dass es bis ins Tal zu hören war.

Doch diese Tat zog Konsequenzen nach sich. Tiefschwarze Wolken zogen auf, es entstand ein Brausen und

Sausen in der Luft, und ein entsetzliches Gewitter war aufgezogen, wie man es hier in Tirol noch nicht gesehen hatte. Nun wurde mit dem König Serles abgerechnet, und ebenso mit seiner Frau und dem klugen Rat. Als das Unwetter nach vielen Stunden vorbei war, da gab es eine neue Bergspitze im Stubaital – König Serles war es, der dort bis heute verwandelt verharrt. Zu seiner Rechten steht seine Frau und zu seiner Linken sein Ratsmann.

In Nächten mit besonders starkem Regen haben die Fuhrleute auf der Brennerstraße oft schon das Kläffen und Jaulen vieler Hunde gehört, und bei Gewitter sieht man häufig Blitze auf jene drei Felsriesen niederfahren – ganz vergessen ist die wilde Jagd vom Riesen Serles bis heute nicht.

Der Glungezer-Riese

Weit hinten im Voldertal steht ein mächtiger Berg namens Glungezer. In diesem entlegenen Tal lag einst eine gemütlich-urige Alm, ganz traditionell gebaut, so der Anschein nach außen. Im Inneren war die Alm jedoch ein kleiner Palast eines friedlichen Hirtenkönigs, der seinen vier blendend schönen Töchtern jeglichen Komfort bot. Um diesen Almpalast herum lagen weite Almwiesen, auf denen die schönsten und seltensten Blumen blühten. Wundersame Springbrunnen belebten die Wiesen und über dem Ganzen lag eine leise Ahnung vom Garten Eden, wenn dann auch noch die Wildtiere der Alpen zahm und ohne Scheu sich an diesem lauschigen Plätzchen aufhielten. Die vier Töchter des Hirtenkönigs lebten hier im Einklang mit der Natur und oft trug das Wasser helle Töne ihres glockenreinen Lachens bis hin zu den Häusern der anderen Hirten im Inntal.

Eines Tages kam jedoch ein Riese in dieses friedliche Tal, dem gefiel es hier ebenfalls sehr gut, und er baute sich eine Hütte hoch oben am Glungezer. Damit war aber alles anders geworden, denn der Riese stellte allein schon durch seine große, massige Gestalt viel Unheil an, wenn er sich nur bewegte. Bäume brachen, Steine kollerten herab, Wege wurden ausgetreten, die herrlichen Blumenweisen zertreten und das Vieh „versprengt". Am grässlichsten war allerdings das nächtliche Brüllen des Riesen, das ließ nicht nur die Menschen erzittern, sondern sogar Felsen zersplittern und Gesteinsmuren in die bewohnten Täler herniederprasseln.

Die vier anmutigen Töchter blieben von dem Riesen natürlich nicht unbemerkt und mit jedem Tag wuchs sein Verlangen, eines dieser schönen Mädchen als Frau bei sich zu haben. Der Riese vom Glungezer wollte nach Art der Menschen um die Hand einer dieser Schönheiten bei ihrem Vater anhalten, er hätte sich auch einfach eine schnappen können, ja, das hätte er gekonnt, aber das wollte er nicht. Am Morgen, an dem er zu dem Hirtenkönig gehen wollte, wusch er sich ordentlich Gesicht und Hände und versuchte sogar, sich die Haare und den Bart glattzustreichen. Er zog seine gute Hirschlederjacke an und auf ging's zur Brautschau.

Als der Riese nun vor dem guten König in seinem Prunksaal stand, da blieb diesem vor Schreck fast das Herz stehen, und als er auch noch von dessen Anliegen erfuhr, da riet ihm sein Verstand, diesen verliebten Riesen nur nicht zu beleidigen.

„Meine Töchter dürfen sich ihren Ehemann selber auswählen, bitte frage sie doch, ob eine dich heiraten möchte. Ich aber fühle mich geehrt, dass du gerne eines meiner Mädchen zur Frau nehmen möchtest."

„Das werde ich tun", rief der Riese vom Glungezer erfreut und schaute sich bereits siegessicher nach den vier Töchtern um. „Eine wird wohl ja sagen“, dachte er bei sich, „bei den Menschenfrauen zählen vor allem schöne Worte und nicht meine Kraft. Ich muss sie mit Worten beeindrucken“, und nun wurde ihm doch ein wenig schwummerig, denn in Liebeserklärungen war er nicht besonders geübt.

Er machte sich auf den Heimweg, um darüber ein wenig nachzudenken, als er aber an den schönen Almwiesen vorüberkam, da sah er die schönen Mädchen dort in der Sonne tollen, und sein Herz begann wie wild zu schlagen. Bis über beide Ohren verliebt, ging er auf die vier zu und kniete sich nieder, damit seine Größe sie nicht erschrecken sollte. Wie gebannt schaute er von einer zur anderen und da Riesen nicht gerade diplomatisch sind, sagte er frei heraus, was er ihnen zu sagen hatte – doch er brachte es noch schnell in Versform:

„Mein Herz schlägt wie ein Pferdefuß,
ich liebe dich wie Apfelmus!“

Dies sagte er zur Ersten, die ihn vor Schreck und Entsetzen nur anstarren konnte, während die anderen drei in prustendes Gelächter fielen. Nun schaute er die Zweite an und wiederholte ihr sein Gedicht, dann der Dritten und schließlich der Vierten. Nun standen sie vor ihm und lachten ihn aus, aber der Riese fragte tapfer weiter:

„Mag mich eine von euch heiraten? Ihr seid so schön!“

„Keine von uns möchte einen Riesen heiraten!“, bekam er unter spöttischem Gelächter zur Antwort.

Nun war es mit seiner Geduld vorbei und Zorn legte sich wie ein rotes Tuch über sein Gemüt, denn ihm war die Werbung kein Spaß, sondern bitterer Ernst gewesen. Aus Rache rollte er in der Nacht haushohe Felsblöcke vom Glungezer gegen den Palast des Königs herab. Krachend und polternd schoben die Felsen den Palast vor sich her bis zu einem dunklen Wildsee, worin das Haus mit seinen Bewohnern versank. Immer mehr Steine und

Felsen stürzten herunter auf den früheren Palast, bald war auch von dem Alpensee nicht mehr viel über. Heute noch ist das gesamte Gebiet von Steintrümmern übersät, der ehemalige See ist der heutige „Schwarzenbrunn", und über allem liegt das Schweigen des Todes.

Am nächsten Morgen stieg der Riese vom Glungezer herab und schaute sich alles an, was er in der Nacht angestellt hatte.

„Oh weh", brachte er heraus, denn nun tat es ihm leid um die vier schönen Mädchen mit ihrem Vater, denen er nun nie wieder auf den Wiesen in der Sonne begegnen würde. Nächtelang saß er von nun an am Ufer des Schwarzenbrunns und trauerte über den Tod der vier unschuldigen Königstöchter und des milden, gütigen Königs, die er getötet hatte. Er raufte sich die Haare und wusste nicht mehr ein noch aus, schließlich verfluchte er sich selber.

Die Kasertörggelen

Den ganzen Sommer über wohnen unsichtbar die Kasertörggelen auf den Stubaier Almen. Es sind geisternde Kinder, die an die Kinderschar der Frau Percht erinnern und die ganz harmlos sind im Allgemeinen, bloß die Neugierde der Menschen können sie nicht vertragen.

Um Martini ziehen sie von der Alm ab, während die Leute am Berg und im Tal ihre Häuser segnen. Zwischen acht und neun Uhr abends sind sie dann im Dorf angekommen und wandern vorbei. Man verschließt dann die Fensterladen so fest, wie es nur geht. Es gab da aber mal einen neugierigen Knecht, der heimlich hinausschaute. Da zog sie gerade vorbei, die ungezählte Kinderschar. Schon kamen die Letzten heran, da hörte er auf einmal eine Kinderstimme sagen:

„Geh, thu dö Balklan zu!“

In dem Augenblick erblindete der Knecht. Er versuchte alle möglichen Mittel zur Heilung, er fragte auch fromme Geistliche um Rat, aber alles vergebens. Da riet ihm endlich eine alte Bäuerin, im nächsten Jahr wieder aus dem Fenster zu schauen! Und er tat es. Richtig wanderten die geisterhaften Kinder wieder vorbei, und schon glaubte der Knecht, sie wären vorüber, als eine Stimme ertönte:

„Geh, thu dö Balklan au!“

Da konnte er wieder sehen.

Auf der Straße zwischen Fulpmes und Mieders ging ein anderes Mal ein Knecht, der leichtsinnig dahinlebte, auf jeder Tanzveranstaltung zu finden war und den jungen Mädchen gerne den Kopf verdrehte. Da begegneten ihm die abziehenden Kasertörggelen. Am Ende der Kinderschar humpelte ein kleines Kind dem Zug nach. Es hatte nur ein Hemdlein an, aber das war zu lang, so dass es vom Kind nachgeschleppt wurde und es bei jedem Schritt darauf stieg. Der übermütige Mensch fing zu lachen an, erstarrte jedoch sofort aus Schreck, als das Kleine sagte:

„Vater, derfst nit lachen, weil mir kein besseres Leichentuch geben hast.“

Kaiser Maximilian in der Martinswand

Von Jugend an liebte der spätere Kaiser Maximilian I. die Jagd, und vor allem die Gamsjagd. An der Landstraße von Augsburg nach Innsbruck, die über den Zirler Berg führt, steht ein immens hoher Felsen. Dieser Felsen ragt bis in die Wolken hinauf und ist sehr steil und nur schwer zugänglich. Benannt ist diese steile Wand nach dem darunter liegenden St.-Martins-Kirchlein, in früheren Zeiten sollen sich in diesem Gebiet besonders viele Gämsen aufgehalten haben.

An einem Sommermorgen, zeitig in der Früh noch vor Sonnenaufgang, ging nun Kaiser Maximilian auf die Gamsjagd und stieg auf die Martinswand. Nachdem er schon eine gute Stunde gegangen war, wurde das Gelände immer steiler und unwegsamer, aber das war Maximilian gerade recht, denn für ihn gehörte das zu einer anspruchsvollen Jagd dazu. Nun sah er sie auch schon, die herrlichen Gämsen, mit ihren prächtigen Hörnern, den „Krucken", und ihrem kleinen Stummelschwänzchen. Immer weiter folgte er ihnen nach, aber noch war nicht der richtige Moment gekommen, um die Armbrust anzulegen, immer höher zogen sie hinauf, ganz mühelos stiegen sie den blanken Fels hinauf, die „Schalen" ihrer Hufe schienen sich vollkommen dem Felsen anzupassen. Fasziniert von ihrer Kletterkunst, vergaß Maximilian im wahrsten Sinne des Wortes Zeit und Raum, und erst als ihn sein trockener Mund daran erinnerte, dass er Durst hatte, bemerkte er, wo er sich eigentlich befand. Er stand auf einem kleinen Podest mitten in der steilen Felswand und sah keinen Steig mehr. Wo er sich auch hinwandte, hatte er den Tod vor Augen. Wenn er nach oben schaute, da sah er über sich drohende, überhängende Felsen, welche beim Versuch, sie zu besteigen, abbrechen und zu seinem Grabstein werden konnten. Wenn er nach unter sah, erschreckte ihn eine grausame Tiefe von mehr als zweihundert Metern, die ihm ebenfalls sein Grab zeigte. Und wenn er sich nach links und rechts umschaute, da sah er sich vom härtesten Felsen umgeben, den selbst alle Steinbrecher mit ihrem vielfältigen Werkzeug nicht im Laufe eines Monats hätten bearbeiten können, um ihm einen Abstieg zu ermöglichen.

„Nun, das war's wohl", sagte der jugendliche Maximilian zu sich und nahm erst mal einen Schluck Wein aus seinem Trinkbeutel.

Als er ein wenig verschnauft hatte und sich an seine missliche Lage ein bisschen gewöhnt hatte, konnte er in der Tiefe unter ihm seine Hofdiener winzig klein erkennen, die ihm versuchten, guten Mut zuzurufen.

Nach zwei Tagen und zwei Nächten, in denen er sich unzählige Male nach Hilfe umgeblickt hatte, ergab er sich seinem Schicksal und rechnete mit dem Tod. Doch wollte er diesem nicht ohne die heiligen Sterbesakramente begegnen oder sich wenigstens für den Segen des Priesters bereiten. So rief er, so stark er konnte, hinunter und befahl den Seinigen, dass man die Priester mit dem Heiligsten Sakrament kommen lasse und sie ihm dasselbe zeigen sollten, sodass er sich im Gebete darauf vorbereiten könne und allein sein Geist die allerheiligste Speise der Unsterblichkeit aufnehmen werde.

Inzwischen hatte sich die Nachricht über die missliche Lage des Thronfolgers im ganzen Land verbreitet. Sämtliche Kirchenglocken läuteten zum Gebet, um die Rettung durch die göttliche Allmacht zu erflehen.

Am dritten Tag in der Martinswand, als Maximilian, von Hunger und Durst gepeinigt, den erlösenden Tod erwartete, hörte er in der Nähe ein Geräusch. Und als er sich wie schon so oft zur Seite gewandt hatte, sah er einen Burschen in Bauernkleidern daherkriechen. Er reichte Maximilian die Hand und sprach:

„Seid getrost, gnädiger Herr, Gott lebt noch, der euch retten kann und will, folget mir und fürchtet euch nicht, ich will euch dem Tod entführen."

Maximilian nahm die helfende Hand des Burschen und ließ sich von ihm führen. Wie aus dem Nichts waren sie plötzlich da, die kleinen Felsnischen und – Vorsprünge, die ihm festen Halt boten, und bald waren sie auf dem festen Steig angelangt. Hier setzte er sich erst mal auf einen Stein und wie er sich zu seinem Retter umwandte, war nichts mehr von ihm zu sehen, dafür kamen ihm aber schon Diener mit frischem Quellwasser, kräftigendem Wein und guten Speisen entgegen. Als er wieder in seiner Hofburg und zu Kräften gekommen war, gab es ein großes Dankesfest, von dem wundersamen Burschen aber, der zu seinem Retter wurde, gab es kein Lebenszeichen. Vielfach wurde vermutet, dass es ein Engel Gottes gewesen war, der den Kaisersohn aus der Martinswand gerettet hatte.

Als Erinnerung an das Geschehene ließ später Kaiser Maximilian I. eine Höhle in die Wand hauen, da, wo er die Zeit über gestanden hatte. Dort hinein ließ er zum Gedächtnis an die göttliche Gnadenhilfe ein hölzernes Kruzifix, mit einer Höhe von etwa 40 Schuh, sowie ein Bildnis der Muttergottes und des heiligen Johannes aufstellen.

Die Räuber vom Glockenhof

Im Volderwald, durch den die Hochstraße in den Süden führte, lebte in jenem Hof, an dessen Wand eine große Glocke gemalt ist und der daher auch Glockenhof heißt, ein berühmter Stück- und Glockengießer. Es soll sich um einen gewissen Hans Gatterer gehandelt haben, der – seines ehrlichen Handwerks müde und verführt von seinen wilden Gesellen – sich mit ihnen aufs Rauben und Morden verlegte.

Diese Räuber- und Mörderbande war 32 Köpfe stark und jedes Mitglied der Bande führte einen Namen aus der 32-blättrigen deutschen Spielkarte. Der Führer dieser Bande wurde der „Herzkönig“ genannt und war jener Glockengießer. In seinem einsamen Waldhaus war der

Versammlungsort der Bande, da dieses durch seine abgeschiedene Lage ganz ideal dazu geeignet war.

Einmal ging eine Näherin sehr früh des Morgens in dem Volderer Wald auf die Stör (Lohnarbeit), sie war aber gar zu früh dran, denn als sie, vom Mondschein geweckt, wegging, glaubte sie, es sei schon Morgen, doch es war erst kaum nach Mitternacht. Später hörte sie ferne Glocken schlagen, fürchtete sich nun und ging in einen Bauernhof hinein, weil sie dort noch Licht sah. Es war die Stube des Glockengießers; sie stand offen und war leer. Die Näherin setzte sich in aller Stille hinter den Ofen, um den Tagesanbruch dort zu erwarten. Bald erschien der Herzkönig mit einem Teil seiner Gefährten. Sie ahnten keinen Zuhörer, zählten Geld, zechten und plauderten von ihren Gaunereien und Morden, wie manche ihrer Opfer geschrien und sich gewehrt hatten. Erst gegen Morgengrauen gingen sie auf den Heuboden schlafen. Schon wollte der Knecht sich hinter den Ofen auf die Bank legen, aber der Meister rief ihm zu:

„Geh ins Bett, sonst tun dir morgen früh alle Knochen weh!“

So ging denn auch dieser auf den Heuboden. Der Meister schob den Holzriegel vor die Haustüre und ging in seine Kammer. Jetzt war die Näherin von ihrer Angst erlöst; eilig entschwand sie aus diesem Haus und ging direkt zum Gericht und zeigte an, was sie gehört hatte. Darauf wurde sofort eine Mannschaft zusammengestellt, der Hof umstellt und das Räubernest ausgenommen. Zum Geständnis war die Bande bald gebracht, was ja auch bei den im Keller und im Stall des Hauses aufgefundenen Gerippen von Ermordeten einfach war. Der Rädelsführer, der Meister und Herzkönig, wurde zum Tod verurteilt. Da bat dieser noch das Gericht um die Gnade, die große Glocke für die Pfarrkirche von Mils fertigmachen zu können, und dass man ihm seine letzte

Glocke auf seinem letzten Gang noch läuten wolle. Diese Bitte wurde gewährt, und unter den Klängen der großen Glocke von Mils wurde der Glockengießer geköpft.

Das Marterl, auf das die Hinrichtung des Glockengießers durch das Schwert gemalt ist und das herzbewegende Verse zeigt, stammt aus dem Jahre 1623 und ist bis heute beim Glockenhof zu sehen. Die Glocke von Mils war berühmt für ihren herrlichen Klang, ist aber bei dem großen Brand vom 22. August 1791, welcher auch Kirche und Turm zerstörte, zugrunde gegangen.

Der Traum von der Zirler Brücke

In Rinn lebte einmal ein Bauer M., sein Name geriet im Laufe der Jahre in Vergessenheit, dem ging es finanziell nicht gut. Das Geld fehlte an allen Ecken und Enden und jedes Geldstück musste zehnmal umgedreht werden. In einer Nacht, da träumte er davon, dass er auf die Zirler Brücke gehen solle, denn dort werde er eine wichtige Neuigkeit erfahren. Als er in der Früh aufwachte, da war ihm der Traum immer noch im Kopf, es kam ihm so vor, als hätte er alles wirklich erlebt und nicht geträumt. Den ganzen Tag über musste er immer wieder an diesen Traum denken, und ihm war dabei ganz seltsam zumute. In der nächsten Nacht träumte er den gleichen Traum. Am Morgen sprach er zu seiner Frau:

„Heute werde ich auf die Zirler Brücke gehen!“

„Was redest du denn da, was willst du auf der Zirler Brücke tun?“, fragte ihn seine Frau skeptisch.

„Ich habe schon die zweite Nacht geträumt, dass ich auf der Zirler Brücke etwas Wichtiges erfahren werde!“, antwortete er ihr ernst.

„Bist du noch ganz bei Kopf? Du willst den helllichten Tag verfeiern und dir die Schuhe umsonst zerreißen?“ – Langsam wurde die Frau wütend über ihren Mann, der nicht viel Geld erwirtschaftete und nun auch noch seinem Traumleben auf den Grund gehen wollte, anstatt zu arbeiten.

„Von deinen Träumereien werden wir sicher nicht satt“, setzte sie noch nach und missmutig blieb der Bauer zu Hause und ging seiner gewohnten Arbeit nach.

Am Abend legte er sich schlafen und träumte wie in den vorherigen Nächten ganz genau den gleichen Traum, in dem ihm angewiesen wurde, auf die Zirler Brücke zu gehen, da er dort etwas Wichtiges erfahren werde. Am nächsten Morgen erwachte er schon früher als gewohnt, und da stand er geschwind vor seiner Frau auf und eilte so nach Zirl, dass er bereits bei Sonnenaufgang auf der dortigen Brücke stand.

Nun stand er auf der Zirler Brücke und nichts geschah. So hatte er sich das nicht vorgestellt, aber da er nun schon mal da war, wollte er die Sache auch zu Ende führen und einfach warten. Eine Viertelstunde lang ging er nun schon hin und her, da kam der Geißhirt vorbei, der ihm guten Morgen wünschte und die Herde weitertrieb. Dann ließ sich lange, lange Zeit niemand sehen. Es wurde endlich Mittag und ihn quälte der Hunger. Da nahm er ein Stück Maisbrot aus der Tasche und begnügte sich damit, denn von der Brücke wäre er um keinen Preis heruntergegangen. Er mochte aber warten, so lange er wollte, es kam niemand.

„Was wird wohl meine Frau sagen, wenn ich heute Abend nach Hause komme und ich ihr sagen muss, dass ich niemandem begegnet bin, der mir etwas verraten hätte. Und das, wo ich auf meinem Hof vor Arbeit nicht weiß wo anfangen?“, grübelte der Bauer vor sich hin.

Ihn grämte der Gedanke, wie seine Frau ihn auslachen und verspotten werde wegen seiner Leichtgläubigkeit. Aber er blieb auf der Brücke stehen und als die

Sonne kurz vor dem Untergehen war, da kam wieder der Geißhirt mit seiner Herde daher, aber diesmal Richtung heimwärts.

Diesen wunderte es nicht wenig, als er den Rinner immer noch dastehen sah, und er fragte, auf wen er denn schon so lange warte.

„Ja“, sagte das Bäuerlein, „ich habe geträumt, dass ich auf die Zirler Brücke gehen soll, da werde ich eine wichtige Neuigkeit erfahren.“

„Auch ich träume schon seit Tagen den gleichen Traum“, antwortete der Geißer lachend, „aber deswegen gehe ich doch auch nicht nach Rinn zum Bauern M., unter dessen Herd ein großer Kessel voll Gold versteckt ist.“

Nun hatte der Rinner genug gehört. In Windeseile verließ er die Brücke und rannte nach Hause, um zu sehen, ob die Worte des Hirten wahr seien. Als er spätabends heimgekommen war, trug er sofort heimlich und leise den Herd ab und fand wirklich einen ganzen Kessel voll Gold. Von diesem Tag an war er der reichste Bauer weit und breit.

Die Saligen Fräulein

Besonders gern hielten sich die Saligen Fräulein im Ötztal auf, wo viel Flachs angebaut wurde, es unberührte Gletscher gab und vor allem die Gämsen lebten. Salige Fräulein hat in der heutigen Zeit schon lange keiner mehr gesehen und auch der Flachs, die Gämsen und die Gletscher „machen sich rar“.

In Längenfeld im Ötztal, wo das Tal nicht ganz so eng ist, da gab es einmal eine Höhle der Saligen Fräulein, die durch eine Grotte erreichbar war. Vor dieser Grotte hielt ein junger Hirte im Frühling gerne seine

Rast und kochte sich sein Mittagsmahl. Als er die Glocken von Längenfeld läuten hörte, da kniete er zum Beten nieder und stieß dabei seinen Kochtopf um, nun war es halt nichts mehr mit Mittagessen. Hungrig schaute er auf sein Essen, das auf dem Boden vor ihm lag. Da kam plötzlich still und leise ein Saliges Fräulein, und sie überreichte ihm eine unbekannte Speise, die sehr köstlich war. Sie nahm ihn mit in ihren Bergpalast, wo er von anderen Saligen begrüßt und bewirtet wurde. Als er sich wieder aufmachte, da ermunterten sie ihn, doch öfter vorbeizuschauen, doch dürfe er zu niemanden ein Wort von ihnen erzählen und auch keine Gämsen mehr jagen. Viele Wochen ging der junge Hirt nun zu den Saligen Fräulein und ließ sich verköstigen, umgarnen und vieles mehr. Seine Eltern dachten natürlich, er würde zu einem Mädchen gehen, denn er sprach nicht mehr viel, aß fast nichts mehr bei ihnen und war doch nicht mager und war sehr oft fort und keiner wusste, wo er steckte.

„Ja, magst du sie uns nicht einmal vorstellen, die Deinige!", sprach ihn der Vater eines Abends lachend an, „oder ist sie „schiach" wie die Nacht?"

„Nein, nein", gab er errötend zur Antwort, „ganz im Gegenteil, keine hat so lange, schöne blonde Haare und so strahlend blaue Augen wie sie!"

„Bua, was redest du da, du beschreibst mir doch nicht etwa eine Salige?", rief der Vater entsetzt aus.

Da lief er einfach aus dem Haus, der junge Hirt, er durfte ja nicht von ihnen erzählen und seinen Vater anlügen wollte er auch nicht. Aber wo sollte er hin, wenn nicht zu seinen Saligen Fräulein, doch als er vor der Höhle ankam, da war sie von dieser Stunde an für ihn verschlossen. Da half kein Bitten und half kein Klagen – der Berg blieb verschlossen.

„Ha, wenn ihr das unter Treue versteht, dann kann ich auch anders", schwor er sich und ging gleich in den kommenden Tagen auf die Gamsjagd. In seinen Gedanken gab es nur noch Rache, und nachdem er auf den Berg gestiegen war, sah er auch schon eine Gams, verfolgte sie, legte das Gewehr an und schoss. Kaum aber hatte er das getan, so stand das Salige Fräulein zwischen ihm und dem gehetzten Tier. Sie schaute den Jäger unglaublich freundlich, aber wehmütig an, und dieser war so sehr verzaubert von ihrem Blick, dass er in den Abgrund stürzte.

Auch in Sölden im hintersten Inneröztal gibt es zahlreiche Plätze, wo sich in alten Zeiten wilde Fräulein aufgehalten haben. Im Windachtal, wo der Freilaskofl nach den Saligen Fräulein benannt ist, auf dem Leiterberge, auf Hamrach und im Gamizlöck sollen sie ihre Bergpaläste gehabt haben. Die alten Leute im Tal haben es noch gesehen, wie die schönen Fräulein sich auf den großen Steinen ihr wunderschönes, flachsfarbenes Haar gekämmt und ihre blendend weiße Wäsche getrocknet haben.

Auch so mancher Jäger hatte das Glück, sie zu Gesicht zu bekommen, doch war es an so einem Tag mit dem Jagdglück vorbei, denn die wilden Fräulein waren die Beschützerinnen der Tiere, und besonders lagen ihnen die Gämsen am Herzen.

Im Windachtal droben, im Warenkar, soll einem Jäger einmal Folgendes passiert sein:

Eine Salige hatte eine Gämse als Haustier, an der sie sehr hing. Als die Salige eines Tages nicht zu Hause war, da kam ein Jäger, sah die schöne Gämse und schoss sie. Als er ins Tal abstieg, da begegnete ihm das wilde Fräulein.

„Hast du vielleicht auf dem Weg meine Gämse gesehen?“, fragte sie ihn.

„Ich weiß leider nicht, welche die deinige ist, aber ich habe in der Früh ein prächtiges Tier geschossen“, gab er ihr ehrlich zur Antwort.

Da sagte sie ihm, dass es ihre Gämse war, die er geschossen hatte, und verfluchte ihn. Von dieser Minute an hatte der Jäger kein Jagdglück mehr, und auch sonst schien jegliches Glück von ihm gewichen zu sein.

Auch in der Gamslecke oberhalb Sölden gibt es eine große Felsenhöhle, welche nach ihren Bewohnerinnen die Fräuleinhöhle heißt. Vor ewigen Zeiten sollen dort kleine, nette Weiblein gewohnt haben, die nicht einmal mehr die Ältesten im Dorf gesehen haben, aber doch noch die Reste ihre Habseligkeiten in der Höhle.

Diese Fräulein kannten sich hervorragend mit der Wetterprognose aus. Sie wussten schon ein Jahr im Vorhinein, ob das kommende Jahr ein gutes oder schlechtes sein würde. Auch konnten sie den Bauern sagen, wann sie säen und wann sie ernten sollten. Es war einmal im Herbst, der Roggen stand noch fast grün auf dem Acker, da sagte ein Fräulein zu einem Bauern:

„Schneide jetzt deinen Roggen!"

Der Bauer vertraute ihren Worten, schnitt den Roggen und brachte ihn ein. Als das die übrigen Bauern sahen, lachten sie ihn aus und nannten ihn „den Einheimser". Dann aber war ihnen nicht mehr zum Lachen, als ihr Roggen noch auf dem Feld stand und es zu schneien anfing und nicht mehr aufhörte, sodass der Roggen auf den Feldern verdarb.

Die Fräulein hatten übrigens nicht nur die jungen Hirten und die gestandenen Männer gerne, sie mochten auch die kleinen Burschen sehr gerne und nahmen sich ihrer in mütterlicher Weise an. Diese Burschen lockten sie in ihre Höhlen, wo sie ihnen die besten Speisen auftischten, und jeder Wunsch wurde ihnen von den Augen gelesen. Aus diesen verzogenen Kindern wurden dann später die ärgsten „Ragger" im Tal. Besonders im Winter führten diese Zöglinge der Weiblein ein tolles und wildes Leben. Auf kleinen, goldenen Schlitten wurden sie kutschiert oder schossen „über Teufl und Tuifl“ wie man im Ötztal sagt, ins Tal herunter.

Nun aber ließen die Söldner Eltern, die dies gesehen hatten, ihre Kinder nicht mehr zur Höhle der Wilden Fräulein hinaufgehen. Und der große Katzenjammer für die Wilden Fräulein begann, denn die kleinen Burschen fehlten ihnen wirklich sehr. Sie jammerten und klagten, und besonders in den stillen Nächten hörte man sie bis ins Tal hinab weinen. Ein Knabe, der ein Fräulein allzu gern hatte, konnte das Klagen nicht länger mit anhören, er lief seinen Eltern einfach davon und schlich sich zu seiner kleinen, geliebten Ziehmutter. Die Eltern ließen überall nach ihrem Sohn suchen, doch er wurde nicht gefunden. Als man in der Walpurgisnacht in der Höhle droben Klaggesänge hörte, da liefen die Einwohner von Sölden zum Höhleneingang und lauschten:

„Die Runa und der Tuit sind g’storben,
uns trifft’s morgen!“

Und seit diese Nacht hatte man die Wilden Fräulein nie wieder gesehen, die rätselhaften Weibchen und der Knabe waren spurlos verschwunden.

Auch in den abgelegenen Osttiroler Schluchten und Nebentälern des Iseltales erzählt man sich viel von den sogenannten „Salig’n Leut’n“. Die „alten Leut’“ sagen, dass sie Kinder Adams sind, die er schon vor dem Sündenfalle gezeugt hat. Daher konnten sie im irdischen Paradies leben bleiben, anders als die Nachkommen von Adam und Eva. Doch nachdem Gott Gericht gehalten hatte, sprach er auch ein besonders Urteil über sie, das mit ihrer eigenartigen Lebensweise zusammenhängt. Der wichtigste Unterschied zum Menschen ist aber, dass sie keine Seele haben.

In Schlaiten im Iseltal lebte hoch oben auf einem Berg ein Bauer namens Griedling. Zu diesem kam jeden Sonntag eine Salige, während alle anderen in der Kirche im

Tal waren, und nur die Magd oder die Bäuerin, welche gerade zu Hause das Sonntagessen bereitete, war in der Küche. Die Salige streckte immer ihre Hand durch das offene Küchenfenster, und die Frau in der Küche gab ihr von den schon bereiteten Speisen. Sodann sprach die Salige ihren Segen über Haus und Hof und ging wieder in den nahen Wald zurück. Die Salige war so um die 30 Jahre und blendend schön, sie trug die gewöhnliche Landestracht und ihre Haare waren nie zusammengebunden.

Nach einigen Jahren hatte der Bauer dann eine geizige und neidische Magd, die lieber daheimblieb, als den weiten Weg in die Kirche zu gehen. „Na warte", dachte sie sich eines Tages in der heißen Küche. „Ich stehe hier und arbeite mich krumm, während die Schöne mit ihren fein gekampelten Haaren nur die Hand durchs Fenster zu stecken braucht und gefüttert wird." Sie nahm das Beil und hackte der Saligen, als diese wieder ihre bittende Hand durchs Fenster steckte, einfach den Arm ab. Die derart misshandelte Salige ging langsam weiter und gab zu verstehen, dass der Segen Gottes von nun an Haus und Hof verlassen hatte. Außerdem werde sich von diesem Tag an immer eine kranke oder behinderte Person in der Familie befinden, solange das Haus stehe.

Und so ist es auch eingetroffen, denn der Viehstall des Bauern war zwar immer gut gefüllt, aber seine Geldschulden wollten nicht von ihm weichen. Seine Tochter aber, der war der gesamte Rücken mit Schweinsborsten bewachsen, so dass kein Mann sie haben wollte und sie zur Altjungfer wurde.

Auch in Völs bei Innsbruck kam es dazu, dass ein Saliges Fräulein gestraft hat. Es war ein glühend heißer Sommernachmittag, und die Dirnen waren dabei, auf dem Feld das Heu zusammenzurechen. Die Männer nahmen es dann mit ihren Gabeln und luden es auf den Wagen auf. Auch ein Saliges Fräulein war darunter und half, so wie sie immer den fleißigen und guten Menschen half. Einer der Heuer hatte ein Auge auf sie geworfen und wollte vor ihr großtun, aber er konnte bei der Saligen keinen Eindruck schinden. Seine Neckereien wurden schließlich immer derber und arteten bald zu Spötteleien aus, doch die Salige ließ sich immer noch nicht aus der Ruhe und von der Arbeit abbringen. Letztendlich ergriff er den Wiesbaum, die lange Stange, die auf das Heu gezurrt wird, damit es nicht hinunterfällt, und warf ihn der Saligen auf die Füße – doch er traf nicht den Fuß der Saligen, sondern seinen eigenen. Und das so unglücklich, dass er sein Lebtag lang hinken musste.

Obwohl die Saligen nur den Schwachen und Guten helfen und in Frieden leben wollten, so wurden sie auch verfolgt, und das vom Wilden Mann, und so mancher einheimische Mann hat ihnen ebenso das Leben schwer gemacht. Auch auf dem Hof Reisch in Zell im Zillertal hielten sich oft Salige Frauen auf und bewahrten das Haus und seine Bewohner vor allem Übel. Dem Bauern war das aber gar nicht Recht, „bin ich etwa ein Herbergsvater“, sprach er oft und hasste im Stillen die Saligen oder „Talgilgen“, wie die Saligen im Zillertal auch genannt werden.

Einmal wurde eine der Saligen vom Wilden Mann verfolgt und sie konnte sich gerade noch in das Flachsfeld von Reisch retten, denn im Flachs sind die Saligen vor ihren wilden Verfolgern sicher. Der Bauer hatte alles mit angesehen und trieb die Arme aus seinem Feld, lachend rief er dem Wilden Mann zu:

„Die Holbe mir,
die Holbe dir!“

Der Bauer musste noch auf einem anderen Feld nach dem Rechten schauen, als er aber nach Hause kam, da hing die eine Hälfte der Saligen an einem Nagel an seiner Haustür. Jetzt wurde dem Bauern ganz anders, und er hatte von diesem Augenblick an keine gesunde Stunde mehr. Ein Saliges Fräulein ließ sich hier natürlich nicht mehr blicken.

Von den Fanggen

Ein Bauer aus Arzl im Pitztal ging einmal in den Wald, um Kienholz zu machen. Dort fand er aber einen so harten Zunderstock, dass es ihn viel Mühe kostete, ihn zu „klieben". Als er mit dieser Arbeit beschäftigt war, kam eine Fangga daher. Die Wilde Frau war mit Baumbart, den Baumflechten in den hochgelegenen Bergen, und Fellen von wilden Tieren bekleidet. Sie sah aus wie alle anderen Fanggen auch – stark behaart, mit einem großen Mund, der von einem bis zum anderen Ohr reichte –, und in ihrem schwarzen, borstigen Haar hatte sich ebenfalls Baumbart verklettet. Mit ihrer tiefen, männlichen Stimme fragte sie den Bauern:

„Wie heißest du?"

Da antwortete der Bauer, der nicht auf den Kopf gefallen war, dem Waldweibe:

„Saltthon", was im Dialekt so viel wie „Selber getan" bedeutet.

Da sprach die Fangga freudig: „Jetzt bekomme ich einmal Menschenfleisch zu essen, das soll mir schmecken."

Darauf sagte der Bauer, der ein pfiffiger Kauz war: „Du wirst mich aber wohl nicht roh essen wollen! Wenn das Fleisch schmecken soll, muss es gebraten sein."

Nun fragte die Fangga: „Wie geht denn das, ich kann kein Feuer machen?"

Da erwiderte der Bauer: „Du musst zuerst diesen Zunderstamm „klieben" und in handliches Feuerholz spalten, ihn dann anzünden und erst danach kannst du mich am Feuer braten. Fahr nur mit deinen starken Händen hinein und reiß den Stock auseinander."

Das tat das Waldweib und griff in die Spalte hinein. Der Bauer zog aber sofort den hineingeschlagenen Keil heraus, und die Fangga hatte nun ihre Hände im großen Baumstamm eingeklemmt. Wie sie sich so überlistet und gefangen sah, fing sie an zu schreien und um Hilfe zu rufen. Da kam der Wilde Mann im wilden Galopp herabgetümmelt und machte bei jedem Schritt dazu viel Lärm, dass noch heutzutage der Ort Timmels heißt. Schon im Laufen rief er:

„Wer hat dir ein Leid angetan?"

Da antwortete die Fangga: „Saltthon."

Als der Waldmann dies hörte, war er ärgerlich und rief: „Saltthon, saltg'litten!"

Dann lief er davon und ließ die Fangga im Stich, denn wenn sie sich selber wehgetan hatte, dann musste sie halt auch selber leiden. Der Bauer kam nun mit heiler Haut nach Hause, wagte sich aber nie mehr so hoch in den Wald hinauf.

Sagen von Fanggenkindern, wie sie im Oberinntal und auch in Vorarlberg gern erzählt werden, kennt auch das Paznauntal. Sie ähneln einander sehr und weichen nur in den Namen ab. So kam zu Langesthei, wo nach dem Sprichwort „nicht einmal der Stubenboden waagrecht liegt", einst zu einem Bauersmann ein Mädchen. Es war von ganz hübscher Gestalt und hatte auch ein nettes Gesicht, es trug einfache Dienstbotenkleidung und bat ihn, es in den Dienst zu nehmen, was der gute Mann aus Erbarmen auch tat. Das Mädchen diente viele Jahre fleißig und redlich, und es schien ein besonderer Segen mit ihm eingezogen zu sein, aber niemand wusste seinen Namen oder woher es kam. Auf dem Land herrschte damals die Sitte, dass die Bauern an gewissen Sommertagen die Alpen besuchen, um die Menge der Milch ihrer dort aufgetriebenen Kühe zu erfragen. Da werden die Kühe eines jeden Bauern in bestimmter Ordnung gemolken, die Milch wird gewogen und nach diesem Verhältnis werden dann Butter und Käse, der vorrätige Almnutzen, entweder gleich oder zur Zeit der Heimfahrt verteilt. Dieser Bauer nun schickte zu diesem ländlichen Fest seine Dienstmagd, welche sich auf der Alpe mit den vielen Anwesenden mit fröhlichen Scherzen unterhielt, wie es nach der Milchberechnung der Brauch ist. Aber plötzlich hörte man vom Gebirge in der Nähe eine weibliche Stimme rufen:

„Sag zur Struzzi-Buzzi, Rauhrinde ist tot!"

Auf diesen Ruf erbleichte das Mädchen, riss sich von der Gesellschaft los und rannte in aller Eile in den nahen Wald, ohne ein Wort zu sagen und ohne den verdienten Lohn zu fordern. Nun wusste immer noch kein Mensch, wer das Mädchen war, woher es gekommen war und wohin es gegangen war, auch war nie mehr eine Spur von ihm zu entdecken. Es war ein Fanggenkind.

Zu einer Magd, die auf dem Feld arbeitete, kam eines Tages der Wilde Mann und bat sie, mit ihm zu gehen. Sie sollte seiner Frau als Amme behilflich sein, denn diese lag bereits in den Wehen. Da der Wilde sie so eindringlich bat, folgte ihm die Dirne in den Wald, wo sie das Wilde Weib fand, welches in der Zwischenzeit schon ihr Kind geboren hatte. Sie pflegte nun die Wöchnerin mit großem Fleiß und erhoffte sich dafür auch einen guten Lohn, auch wenn sie sich nicht ganz vorstellen konnte, was das wohl sein könnte. Von den Wilden Leuten in der Kranebitter Klamm bei Innsbruck erzählte man sich ja auch, dass sie bei den umliegenden Höfen versuchten mit Ledergeld zu bezahlen.

Als die Zeit um war, dankte ihr die Wilde Frau und gab der Magd Zwirn, Leinwand und Wolle und sprach:

„Da nimm' dies zum Lohn und gib Acht darauf, denn so lange du die drei Stücke hast, wird es dir dein Leben lang nicht an Zwirn, Leinwand und Wolle mangeln."

Der Wilde Mann kam nun auch herbei und sprach: „Weil du meine Frau so fleißig und liebevoll gepflegt hast, nimm diesen Lohn von mir!", und er reichte ihr drei Steinkugeln und Kohlen.

Die Dirne dachte bei sich: „Na, das ist ein schöner Lohn, aber ich hatte ja nichts anderes erwartet", und verabschiedete sich.

Als sie im Freien war, warf sie die Kugeln und die Kohlen ins Gebüsch und nahm nur die Gaben der Wilden Frau mit. Sie eilte schleunigst heim, denn niemand wusste, wo sie die Zeit über geblieben war, und zeigte ihren Leuten Zwirn, Leinwand und Wolle. Auch restliche Kohlestückchen fand sie noch in ihrer Tasche und zog sie heraus. Nun machten aber alle große Augen, denn was sie aus der Tasche zog, waren kleine Goldklumpen. Nun aber bekam die Magd das Laufen und wollte schnell die restlichen weggeworfenen Kohlen und Kugeln suchen, aber alles Suchen war vergebens, und sie ärgerte sich sehr. Trotzdem machten ihr die anderen Geschenke große Freude, denn sie hatte immer Leinwand, Zwirn und Wolle in großer Menge im Haus.

Tanneneh

Wo heute der Große Gurgler Ferner im Ötztal liegt, war in alten, alten Zeiten eine fruchtbare, blühende Gegend. Hier lag die schöne Stadt namens Tanneneh. Die Bewohner von Tanneneh waren sehr reich, aber auch sehr geizig, denn wie heißt es so schön: „Von den Reichen lernt man das Sparen!"

Es waren hier aber nicht nur der Geiz und die Habgier zu Hause, auch der Übermut hatte sich hier angesiedelt, denn seit neuester Zeit wurde hier mit silbernen Löffeln, Gabeln und Messern und von goldenen Tellern gegessen. Ja sogar die Knöpfe an ihren Kleidern, die Nägel und Nieten der Schuhe, die Spitzen und Griffe der Spazierstöcke, selbst die Türklinken waren aus Gold und Silber. Dabei waren die Einheimischen sehr stolz auf ihren Wohlstand und hartherzig gegen die Armen, die sowieso ein störender Anblick im Stadtbild waren.

Da kam einmal ein armer, alter Bettler nach Tanneneh. Von Haus zu Haus ging er und bat um milde Gaben, damit er nicht verhungere. Doch an jeder Tür wurde er mit höhnischen Worten wie „bin ich die Wohlfahrt“ oder „musst halt arbeiten wie wir“ abgewiesen. Der alte Mann konnte sich fast nicht mehr weiterschleppen vor Hunger, Durst und Mattigkeit und bettelte immer noch weiter.

Da wurden die Leute in Tanneneh zornig, sie wollten in ihrem Wohlstand nicht mehr von dem Bettler belästigt werden und trieben ihn mit ihren goldenen Stöcken aus der Stadt hinaus.

Da ertönte eine laute Stimme:

„Tanneneh, Tanneneh, s'macht an Schnee und apert nimmermeh'!“

Da fing es an zu schneien und schneite und hörte gar nicht mehr auf. Es schneite so lange, bis die reiche, schöne Stadt samt ihren hartherzigen und egoistischen Bewohnern tief unter einem Ferner begraben lagen. Und wer es nicht glaubt, der kann sich selber davon überzeugen kommen, dass an manchen Tagen der Schneeschmelze goldene Kellen im Fernerbach auf der anderen Seite treiben.

Die Niederjöchler

Von Vent im Ötztal durchs Niedertal übers Niederjoch nach „Unser Frau“ im Schnalstal gibt es schon seit Menschengedenken viele, die hier die Berge überquerten. Die Dienstleute für Vent und Rofen wurden bei dieser Gelegenheit meist auf der anderen Gebirgsseite im Vinschgau gesucht und manche Hochzeit kam dadurch zu Stande. Die Berge wirken sich nämlich nicht immer als eine natürlich gegebene Trennung von Land und Leuten aus, sie haben manchmal auch eine verbindende Funktion.

Schon seit jeher gaben die trockenen Vinschger Weiden zu wenig Futter ab, sodass der beschwerliche Weg über die hochalpinen Jöcher zu den Weiden im Innerötztal gewagt wurde. Bis heute ist der Schafübertrieb der Schnalser auf die Sommerweiden im Ötztal ein Marsch für über 3500 Schafe. Doch das Niederjoch mit seinen plötzlichen Wetterstürzen ist auch ein gefürchteter Übergang bei 3019 Meter Seehöhe. Dort hausen hilfreiche Wesen, „Nörggelen“ oder auch „Niederjöchler“ genannt.

Am Niederjoch steht ein Marterl. Dort wurde einst ein Hirt von einem rasch aufziehenden Unwetter überrascht und er kam, von Müdigkeit übermannt, nun nicht mehr weiter. Er setzte sich todmüde auf eine Steinplatte und wäre wohl eingeschlafen und erfroren, wenn nicht zwei Niederjöchler ihn rüttelten und schüttelten, dass er aufwachte. Sie zogen den schon Halberstarrten auf die Beine und schleppten ihn über den Ferner bis zum Abstieg ins Schnalstal. Nun war der Hirt wieder munter und konnte flott seinen Heimweg fortsetzen. Dieser Hirt ist alt geworden und hat von den guten Taten der Niederjöchler noch oft erzählt. Er ließ oben am Niederjoch zum Dank für seine Rettung ein Bildstöckl aufstellen.

Die Niederjöchler sind aber nicht nur Helfer in der Not, sondern auch Rächer der Untreuen. Ein junger Rofnerbauer ging ins Schnalstal übers Joch, um eine neue Magd zu suchen. Als er eine passende Dirn gefunden hatte, war er von ihr so sehr begeistert, dass er ihr schon bald die Heirat versprach. Beim gemeinsamen Übergang übers Joch kamen sie in einen so heftigen Schneesturm, dass sie den Weg nicht mehr finden konnten und schneeblind herumirren mussten. Da stand auf einmal ein kleiner Niederjöchler mit langem, weißem Bart vor dem Burschen und sagte:

„Du brauchst dich in diesem Schneesturm nicht zu fürchten, wenn du dein Wort hältst. Aber bedenke, auch im Eis gibt es die Rächer der Gerechtigkeit!"

Der Bursch nickte, und schon war nicht nur der kleine Niederjöchler wie vom Erdboden verschwunden, auch der Himmel heiterte wieder auf und sie konnten ihren Weg ins Tal weitergehen.

Doch zu Hause im Ötztal lernte der Bursch bald danach eine reiche Bauerntochter kennen und dachte gar nicht mehr daran, das Mädchen aus Schnals zu heiraten. Wenig später kam es zu einer großen Hochzeit mit der Bauerntochter. Als das junge Paar übers Joch ging, fiel dichter Nebel ein und beide starben an einem schrecklichen Erfrierungstod und ihre Leichen wurden vom Gletscher verschlungen.

Von der Engelswand

Vor vielen, vielen Jahren kam ein Fuhrmann, der von Längenfeld nach Hall fuhr, spätabends bei der Engelswand in Tumpen vorbei. Schon aus der Ferne hörte er lautes Rufen und Schreien:

„Auf! Auf! Macht das Tor auf, denn es kommt die Rösslerin von Hall!“

„Ja, was is' jetzt des?“, dachte sich der Fuhrmann und schaute voll Schrecken auf die Wand hin und sah dort ein großes Eisentor im Felsen weit geöffnet. Plötzlich wurde die Tür mit einem großen Knall zugeschlagen und er sah keine Spur mehr davon. Da, wo eben noch ein großes Eisentor zu sehen gewesen war, gab es nur noch den blanken Felsen.

Der Fuhrmann ging seines Weges und lieferte seine Waren ab und kaufte neue ein, doch das Gesehene bei der Engelswand wollte ihm nicht mehr aus dem Kopf gehen. Als er endlich sein Fahrtziel Hall in Tirol erreicht hatte, fragte er sofort nach der Rösslerin und bekam zur Antwort, dass diese erst verstorben sei, und zwar zur selben Stunde, als er an der Engelswand vorbeigefahren war. Mehr sagte der Fuhrmann daraufhin nicht, denn wohin es durch dieses seltsame Tor in den Berg ging, das wusste er ja auch nicht.

Auch ein Landtierarzt machte in der Nacht einst eine unheimliche Begegnung bei der Engelswand im Ötztal. Zwei Männer kamen ihm entgegen und riefen ihm zu:

„Lauf, lauf aus dem Wege!“

„Was sind denn das für zwei Narrische“, dachte er bei sich und ging unbeirrt seinen Weg weiter. Kaum war er aber zwanzig Schritte vorwärtsgegangen, als ihm wieder ein Mann begegnete, der ihm zurief:

„Nur geschwind aus dem Weg!“

Nun ging der Doktor doch an den Wegrand, und kaum hatte er dieses getan, da rollte ein feuriger Wagen so schnell daher, dass ihn ein Vogel nicht hätte einholen können. In der Engelswand öffnete sich eine große Tür und Sekunden später war der feurige Wagen darin verschwunden.

Von der Engelswand erzählt man sich auch, dass ein unterirdischer Gang bis zur Martinswand führen soll. Doch soll darin ein unterirdisches Feuer brennen, das den gesamten Gang erfüllt, so dass kein lebendiger Mensch jemals diesen unterirdischen Gang verwenden könnte.

Ein Imster, der in der späten Nacht bei der Engelswand vorbeiging, sah vor dem Felsen einen großen Haufen Leute stehen. Die Leute schrien und machten großen Lärm. Da öffnete sich plötzlich, wie aus dem Nichts, eine Tür, und aus dieser Tür heraus loderten große Feuerzungen heraus. Mit einer unglaublichen Geschwindigkeit zog das Feuer die vielen Menschen hinein in die Engelswand und nichts war mehr von allem zu sehen.

Nach anderen Überlieferungen wird diese Felswand, welche heute sehr bei Kletterbegeisterten bekannt ist, nicht nach den toten Seelen benannt, die hier einen Eingang zum Leben nach dem Tod finden, sondern nach der Erscheinung eines Engels.

Ein Graf von Hirschberg, der vor vielen hundert Jahren nahe bei Umhausen im Ötztal seine Burg hatte, ging an einem schönen Sommerabend mit Frau und Kind spazieren. Der Graf unterhielt sich angeregt mit seiner Frau, und so kamen sie bis zur großen Felswand in Tumpen, ohne dass sie recht bemerkten, wie die Zeit verging. Ihr kleiner Sohn mit seinem blonden Lockenschopf war unterdessen auf „Entdeckungstour" – alles schien ihm interessant und musste von ihm angefasst und begutachtet werden, und so stapfte er mit seinen wackeligen Beinen mutig in die hohen Blumenwiesen hinein. Da hörten die Eltern mit einem Mal ein Flügelrauschen neben sich und schnell wie ein Pfeil schoss ein Jochgeier in die Wiese, ergriff keine Maus, wie man es erwarten würde, sondern den Jungen und flog mit ihm zum Felsennest hinauf.

„Oh mein Gott, steh uns bei!“, stammelten die Eltern erschrocken und sahen dem Jochgeier mit ihrem Sohn in den Fängen nach.

Nun knieten beide nieder und fingen laut zu beten an. Und wie ein Wunder erschien in dem Augenblick, als der Geier seinen Horst erreichte, ein Engel und nahm dem großen Raubvogel sanft den kleinen Jungen ab. Behutsam brachte der Engel das Kind zu seinen Eltern und legte es vor ihnen in das weiche Gras. Von diesem Tag an wurde der steile Felsen Engelswand genannt.

Die Stampa

In der Gegend von Nassereith im Gurgltal geht eine unheimliche weibliche Gestalt um, die versucht, neugeborene Kinder und Wöchnerinnen zu entführen. Sie wird „Stampa“ genannt und ist in dieser Region sehr bekannt und gefürchtet, und zwar in dem Maße wie in anderen Gebieten die Frau Percht. Sie geht vor allem in der Weihnachtszeit um, und zwar in den Raunächten.

Damit den Wöchnerinnen und ihren Kindern nichts passiert, müssen die Männer gut auf sie aufpassen und bei ihnen wachen, sie dürfen das Haus nicht verlassen, selbst zum Wasserholen nicht, und sie sollten nicht einmal beim Fenster hinausschauen. Einmal, es war im Nassereither Ortsteil Dormitz, da wachte ein Mann bei seiner Frau, die im Wochenbett lag. Plötzlich hörte er die Stampa kommen und schrie:

„Frau, die Stampa ist da!“

Er hatte sie sofort erkannt, wie sie mit ihrem Rosskopf ums Haus geschlichen kam. Weil aber der Mann gewacht hatte, floh sie, ohne jeglichen Schaden anzurichten.

In einer Bauernstube in Nassereith kam eines Abends einmal die Stampa vorbei und sah, als sie durchs Fenster schaute, ein Kind allein in der Wiege liegen. Sie griff durchs Fenster, nahm das Kind und trug es fort. Als sie aber zu einem Baum kam, wo man das erste Badewasser nach der Kindstaufe ausgeschüttet hatte, musste sie den Knaben dort liegen lassen. Wäre das Kind ein Mädchen gewesen, dann hätte man das Wasser unter einen Rosenstrauch geschüttet, damit das Mädchen so schön wie eine Rose werde, bei einem Buben ist es ganz egal, denn bei den Buben geht es nicht um Schönheit. Auch vor dem Tauf- und Weihwasser selber scheut die Stampa, sie verliert dann ihre magischen Kräfte und meidet daher auch die Orte, wo nur ein Tropfen davon verspritzt worden ist.

Damit die Kinder nicht aus der Wiege gestohlen werden konnten, wurden sie in der Perchtlnacht auch unter die Wiege gelegt – die Stampa oder Perchtl konnte sie dann nicht durchs Fenster sehen. Die Perchtlnacht ist die Nacht vom 5. auf den 6. Jänner, auch Dreikönigsnacht oder im Oberinntal „Gönnacht“ und im Unterinntal „Gennachten“ genannt.

Die Stampa schaut wie ein gespenstisches Weib aus, mit verzottelten Haaren und zerlumpten Kleidern, hat jedoch einen Rosskopf, den sie meistens zum Fenster hineinsteckt. Manchmal erscheint sie mit einer langen Nase aus Eisen, und dazu soll sich einmal Folgendes ereignet haben:

Spät abends ging wieder einmal die Stampa um und schaute, wo sie sich Kinder oder Wöchnerinnen holen konnte, die noch nicht den Segen der Kirche bekommen hatten. Nun kam sie an dem Haus des Schusters vorbei, bei dem sie in der Werkstatt noch Licht sah. Sie schaute nun in die Stube hinein und fragte:

„Schuster, wie gefällt dir meine lange Nase?“

Der Schuster erkannte die Dämonin und ließ sich nicht von ihr erschrecken. Er nahm den Leisten und hielt ihn ihr aus dem Fenster und fragte:

„Stampa, wie gefällt dir mein Leisten?"

Da begann die Stampa zu lachen und eilte davon.

Die Stampa hatte auch einen Gefährten, den wilden Mann „Parlör". Beide liebten es Nüsse zu essen und stahlen diese im Herbst in der Nacht von den Bäumen. Die Nussbäume gehörten natürlich den Bauern, und nun legten sich einmal ein paar von diesen auf die Lauer, um den zwei Gesellen das Nüssestehlen auszutreiben. Aus ihrem Versteck heraus beobachteten sie, wie das diebische Paar vorging. Parlör stieg auf den Nussbaum und warf die Nüsse seinem Weib Stampa herunter, welche sie in einen großen Sack füllte. Leise schlich sich einer der Bauern heran und zerschnitt heimlich den Boden des Sackes. Die Stampa war nun immer fleißig beim Einsammeln, bemerkte in der Dunkelheit aber nicht, dass die Nüsse am Boden des Sackes wieder hinausrollten. Als der Sack nun immer noch nicht voll war, der Parlör aber nicht mehr weiter „klauben" wollte, stieg er hinab und besah sich den Sack genauer. Als er das offene Ende fand, begann er sein Weib zu beschimpfen und gab ihr eine deftige „Maulschelle". Darüber mussten die Bauern in den Hecken laut auflachen. Das Gelächter aus der Dunkelheit aber erschreckte das wilde Paar so sehr, dass es auf den Fennisberg floh und seitdem nie mehr beim Nüssestehlen gesehen wurde.

In Schlitters, am Anfang des Zillertales, liegt das Kellerjoch, von dem man eine fantastische Aussicht über das Unterinntal hat, und wo eine kleine Kapelle steht. Der eher karg bewachsene Hügel, in das Tal vorspringend und stark zerklüftet, heißt der Jaudenstein, umgangssprachlich auch „Augnschtoan" genannt – in ihn soll die Stampa hinein- und hinausschlüpfen.

In Gagering, einem Weiler im Norden von Fügen, lebte einst ein Bergmann mit seiner braven, jungen Frau in zufriedener und glücklicher Ehe in dem sogenannten „Waldhäusl". Die junge Frau war hoch schwanger und beide freuten sich schon sehr auf ihr erstes Kind.

An einem Herbstmorgen begleitete die Frau ihren Mann auf dem Weg zum Ringenwechsel, dem ehemals sehr silberreichen Bergwerk, bis zum Jaudenstein und verabschiedete sich unter Tränen von ihm.

„Ja, was hast du denn, ich gehe doch nur zur Arbeit und nicht wie die Rainer-Sänger in die weite Welt hinaus", sagte er schmunzelnd zu ihr und dachte bei sich, was so eine Schwangerschaft nur alles mit einer Frau anstellte.

„Ich weiß auch nicht, mir fällt die Trennung von dir heute besonders schwer", gab sie mit dem Versuch eines Lächelns, das aber eher einer Grimasse glich, zur Antwort.

„Gott behüte dich", sagte sie, noch immer schluchzend, und ging dann wieder nach Hause, wo sie wie immer ihre tägliche Hausarbeit erledigte und auch bald wieder guter Dinge war. Als sie sich am Abend ins Bett legte, betete sie besonders für ihren Mann und ihr gemeinsames Kind und freute sich schon auf den nächsten Abend, wenn sie wieder mit ihm zusammen einschlafen würde. Der nächste Abend kam, doch der junge Bergmann kam nicht. Oft schaute die Frau aus dem Fenster und zum Jaudenstein, der von aschgrauem Nebel umgeben war. Es wurde immer dunkler und die junge Mutter machte sich immer größere Sorgen, je später es wurde. Ihr kamen die Tränen, und es begann draußen zu wehen, die Luft war kühl und schaurig. Sie setzte sich auf die Ofenbank und nach langem Warten klopfte es endlich an der Haustür.

„Jetzt ist er endlich da!", und freudig sprang die junge Frau zur Tür. Doch vor der Tür stand nicht ihr sorgenvoll erwarteter Mann, sondern sein Arbeitskollege mit ernstem Gesicht. Mit vorsichtigen Worten erzählte er ihr, dass ein Unfall im Schacht passiert sei, ein Fels sei heruntergestürzt und hätte ihren Mann erschlagen. Weinend brach die junge Witwe zusammen und wenig später setzten bei ihr die Wehen ein. Nach einer langen Nacht gebar sie endlich in den frühen Morgenstunden ihr Kind; ihre Freundin war gekommen, um ihr beizustehen. Nach den überstandenen Strapazen der Geburt war ihr erster Wunsch, dass die Freundin für sie zum Geistlichen nach Fügen gehe und ihn zum Aufsegnen zu ihr bestelle. Jede Wöchnerin wartete auf diesen kirchlichen Segen, damit sie wieder ohne Angst ihrem normalen Leben nachgehen könne, ohne Angst vor dunklem Zauber haben zu müssen. Doch der Freundin kam etwas dazwischen und sie erreichte den Geistlichen nicht. Nun bat sie die Hebamme, für sie doch den Geistlichen zu benachrichtigen, und diese versprach es ihr hoch und heilig. Als nun der letztmögliche Tag für den Segen gekommen war und der Geistliche nicht kam, da entschloss sich die Frau, mit ihrem Baby selbst nach Fügen zu gehen. Sie kleidete sich und ihr Kindlein festlich an, versah sich mit allem Nötigen, wartete aber stets noch und sah aus dem Fenster, ob nicht der erwartete Priester zu sehen wäre. Die Zeit verrann wie im Fluge, der Nachmittag neigte sich dem Abend zu – und niemand kam. Jetzt segnete sie sich und ihr Kind, verschloss ihr Haus und ging. Kühl und frostig wehte der Herbstwind, ein Rabe, ein Unglücksvogel, flog über den Weg und setzte sich auf einen Zaun, an dem die Frau vorbeimusste. Sie wollte aber an diesem Unglückspropheten nicht vorbeigehen und machte lieber einen weiten Umweg, der am Jaudenstein vorbeiführt. Es war bereits dunkel, und nun hörte sie auch schon das abendliche Avegeläute vom gegenüberliegenden Kirchturm von Fügen.

„Oh nein“, rief sie angstvoll aus, „der letzte Segenstag ist verstrichen!“, und machte sich schnell auf den Rückweg. Als sie sich umdrehte, da sah sie hinter sich die Hebamme, die sie sicher auf ihrem Kirchweg begleiten wollte.

Doch als sie näher kam, erkannte sie mit Entsetzen, dass das nicht ihre Hebamme war. Vor ihr stand ein Weib mit kaltem, stechendem Blick, das lachte ihr laut und höhnisch entgegen und rief:

„Fliehst du vor der Kirchenglocke? Ei, so flüchte zu mir“, und das Weib umfasste die erschrockene junge Mutter und zog sie in den Fels vom Jaudenstein hinein. Das grässliche Weib war die Stampa, die die Wöchnerin mit ihrem Kind durch einen Spalt hineinzog. Nachdem sich der Fels wieder geschlossen hatte, wurden Mutter und Kind nie wieder gesehen.

Die Hebamme hatte ihr Versprechen eingehalten und der Pfarrer bat sie, der jungen Witwe auszurichten, dass er sofort nach der Abendmesse zu ihr kommen werde. Als die Hebamme auf dem Weg war, ihr die Nachricht zu überbringen, wurde sie zu einer äußerst komplizierten Geburt gerufen und musste erst dorthin. Der Pfarrer stand nun vor der verschlossenen Tür des „Waldhäusels“ und die Hebamme konnte noch von Weitem mit ansehen, wie die Stampa Mutter und Kind in den Berg zog.

Die Hebamme konnte das Vorgefallene nicht verkraften und verlor daraufhin den Verstand. Der Jaudenstein aber blieb von jener Zeit an verrufen.

Die Wilde Jägerin

Eine sehr interessante und vor allem sehr seltene dämonische Sagengestalt ist die „Wilde Jägerin“, wie sie im Lechtal vorkommt. Auf der Alpe Hochtennen, die das Inntal vom Lechtal trennt, war es vor Jahren nicht geheuer. Seltsames ging hier vor sich. Wer sich dazu entschlossen hatte, die Nacht auf der Hochtennen zu verbringen, der musste bald erkennen, dass sich ein gewaltiges Gewitter zusammenbraute. Dicke schwarze Wolken türmten sich am Himmel auf, es begann zu „wettern“, zu blitzen und zu donnern, dazu stürmte es und mitten drin im Gewitter stand eine riesige, feurige Frauengestalt mit einer langen Peitsche in der Hand – das war die Wilde Jägerin!

Wenn dann das Gewitter so richtig am Toben war, dass man sich dachte, gleich geht wohl die Welt unter, dann sah man sie keuchend und schnaubend als Höllenfürstin in den Wolken fliegen. Ein riesiges Heer von feurigen Stieren zog hinter ihr her und so zogen sie durch das gewaltige Gewitter. Ein wahrer Höllenreigen spielt sich ab und dauerte bis zum Morgengrauen an. Dann zogen sie im brausenden Flug auf eine Felsenwand zu, vor der sich ein grauenhafter Abgrund auftat und in den sie hinunterfuhr. Mit Gebrüll und Gelächter, die bis weithin über die Berge zu hören waren, zog die feurige Riesin voraus und die Herde ihr nach.

Wenn nun einer ungewollt sich verspätet hatte und zur Nachtzeit noch auf dem Weg war, dann wurde er Zeuge dieser dämonischen Wetternacht. Derjenige brauchte gar nicht erst versuchen weiterzugehen, denn er verirrte sich auf jeden Fall. Und wenn er meinte, an Ort und Stelle zu sein, wo er hin wollte, so war er doch wieder am alten Fleck oder es kam viel schlimmer und er kam in Dunkeln zur Felswand und fiel sich zu Tode.

Daher wollte niemand, ob Jung oder Alt, ob Hirte oder Jäger, über die Tennen gehen, und wenn es wirklich sein musste, dann bekreuzigte er sich und betete um Schutz vor Gefahr. Selbst bei Tag hütete man sich, auch nur in die Nähe der Wand zu kommen, vor der sich dieser gigantische Abgrund befindet, obwohl er dann sehr gut zu sehen wäre.

Doch wer war die Wilde Jägerin aus dem Lechtal? Früher einmal soll sie zu Lebzeiten eine schneidige Dirn gewesen sein, „schön wie Milch und Blut". Aber so kam sie sich auch vor, sie war eine arrogante Frauensperson, die den Burschen erst Hoffnungen machte und ihnen dann eine Abfuhr verpasste. Einst war sie die Sennin auf der Hochtennenalpe und trieb aus boshaftem Zeitvertreib das ihr anvertraute Vieh an die jähe Felsenwand. Wenn dann die unglücklichen Tiere in den Abgrund fielen und zerschellten, dann lachte sie laut auf und übertönte noch das Gebrüll der hilflosen Tiere. So trieb sie es viele, viele Jahre lang. Sie dachte nicht daran, dass auch sie mal nach ihrem Tod vor einem Richter stehen würde, und so muss sie jeden Abend nach dem Aveläuten aus ihrem Grab steigen und als Wilde Jägerin selber in den Abgrund ziehen, bis sie ihren Frevel abgebüßt hat.

Der starke Christli Kuhhaut

In Galtür im hintersten Paznauntal, an der Grenze zu Vorarlberg, lebte ein sehr frommes Geschwisterpaar. Als eine Hungersnot ins Land kam, da wussten Bruder und Schwester nicht mehr, wovon sie sich ernähren sollten. Sie gingen daher in den Wald, um nach Pilzen und Beeren zu suchen, aber diesen Gedanken hatten sie nicht alleine. Auch viele andere hatten Hunger und suchten dort nach Essen und Feuerholz. Sie mussten also noch weiter in den Wald gehen und versuchten nun wie zwei Einsiedler, sich von Wurzeln und Kräutern zu ernähren. Da fanden sie ein Kraut, das sie noch nicht kannten und probierten es erst sehr vorsichtig; nachdem es ausgezeichnet schmeckte, begannen sie mehr davon zu essen. Mit jedem Bissen meinten sie zu spüren, wie das Kraut sie kräftigte, und so war es auch. Beide wurden so stark, dass kein Mensch sie jemals mehr besiegen konnte, doch der Junge war natürlich der Stärkere von ihnen. Bekannt geworden ist er im gesamten Tal unter dem Namen „Christli Kuhhaut", und das kam von einem Vorfall, bei dem eine Kuh weit abgestürzt war, und der Bauer diese bereits aufgegeben hatte. Der Christian wollten den Bauern ermuntern die Kuh zu retten, aber der sagte, dass er sie behalten könne, wenn er es schaffen würde sie heraufzubringen. Da stieg der Christli hinunter, legte sich die Kuh wie ein Lamm über die Schultern und trug sie den steilen Weg hinauf – von da an hatte er eine Kuh und wurde Christli Kuhhaut geheißen.

Als er einmal zusammen mit seiner Schwester ins Dorf ging und sie auf dem Dorfplatz andere Buben und Mädchen trafen, da begannen sie im Scherz, miteinander um ein Hufeisen zu raufen. Beide fassten es mit einer Hand und zogen daran, da bog sich das Eisen wie weiches Wachs und wurde wieder lang, wie ein Lineal. Daraufhin holte ein Bursche aus der nahen Schmiede zwei ganz neue, große, starke Hufeisen für Fuhrmannsrösser, damit sich die Umstehenden auch sicher sein konnten, dass es sich hier nicht um einen Trick handelte. Die neuen Hufeisen fassten die Geschwister ebenfalls und zogen und bogen sie mit gleicher Leichtigkeit lang auseinander.

Nun machte es natürlich seinen Lauf durchs Dorf, dass das Geschwisterpaar, besonders aber Christli Kuhhaut, stark wie Riesen war. Von nun an änderte sich ihr Leben schlagartig, sie wurden natürlich gerne von den

Bauern angestellt, denn sie arbeiteten für sechs, und Arbeit bringt Brot. Einmal machten sich die beiden auf den Weg und wanderten von Galtür das Tal hinunter nach Wiesberg, das am Ausgang des Paznauntales liegt. Christli hatte die Tasche voll Geld und seine Schwester trug einen großen, starken, festgenähten Bettüberzug.

„Hin trägst du ihn, her trage ich ihn", sprach der Christli zu seiner Schwester.

In Wiesberg gingen die Geschwister zu einem reichen Bauern, und der fragte gleich, was sie denn mit dem Bettüberzug machen wollten.

„Wir wollen Korn kaufen, es einfassen und dann heimtragen", war die Antwort.

„Was, ich höre wohl nicht recht?", rief der Bauer, „diesen Bettüberzug voll Korn und sieben Stunden tragen? Ihr? Wenn ihr das ohne fremde Hilfe und ohne zu ruhen schafft, dann sollt ihr den Roggen geschenkt bekommen!"

Das war dem Christli und seiner Schwester recht, sie ließen den Bettsack vollfüllen und machten sich sogleich auf den sieben Stunden langen Heimweg zurück. Christli trug, wie vereinbart, die ungeheure Last. Der Bauer aber ging hinter ihnen; nicht, dass er fürchten musste, dass die beiden ihm abhauen würden, aber er konnte mit dem raschen Schritt nicht mithalten und schwitzte sehr, auch machten die zwei niemals Anstalten, sich einmal auszuruhen. Schon waren Langesthei, Kappl und Ulmich durchschritten, die Geschwister ruhten immer noch nicht, der Bauer aber wurde müde, hungrig und durstig.

Da kamen die drei Wanderer an einem Wäldchen vorüber, wo viele Haselnussstauden wuchsen. Zu diesen schritt Christli und wollte noch ein paar Nüsse „klauben". Um an einen besonders vollen Zweig zu gelangen hüpfte er, ohne den Sack abzustellen, mit seiner schweren Kornlast in die Höhe.

„O weh!“, seufzte der Bauer und kratzte sich hinterm Ohr. Nun wandte er sich um, verzog den Mund und machte kehrt Marsch. Die beiden würden das Korn noch über die Silvretta tragen, während er jetzt schon nicht mehr konnte. Dieser schnelle Scherz war auf seine Kosten gegangen und er konnte kein Geld von ihnen für den Roggen verlangen.

Ein anderes Mal beschloss Christli Kuhhaut, mit einem Riesen vom alten Geschlecht zu kämpfen, der die schwachen Menschen zwar nicht tötete oder wie andere Riesen auffraß, aber sie erst wieder frei ließ, wenn sie ihm alles gaben, was sie besaßen. So wurde der Riese der Schreck des ganzen Paznauntales. Christli stieg auf seinen Wagen und fuhr zu dem Ort, wo dieser unbändige Riese wohnte. Da sich der Riese aber nicht blicken ließ, begann sich Christli erst einmal ein gewaltiges Butterbrot zu schmieren, um es dann genussvoll auf seinem Wagen zu essen. „Dem werde ich schon zeigen, dass ich Fäuste aus Stahl habe“, dachte er bei sich und wurde jäh aus seinen Tagträumen gerissen. Der Riese stand vor ihm – und noch dazu bewaffnet. Gleich wie der Riese Haymon hatte er eine Rüstung an, ein Schwert in der Hand und noch dazu einen Speer. Schnell sprang der Christli von seinem Wagen und riss eine Deichsel aus. Mit dieser schlug er dem Riesen den Speer aus der Hand, dann das Schwert und zertrümmerte ihm schließlich den Kopf. Der Riese fiel wie Goliath tot zu Boden und Christli Kuhhaut, der Starke, hatte damit sein Heimatland befreit.

Fack mit Knoschpen

Ein merkwürdiger Almgeist lebte lange Zeit auf der Flathalm, hoch oberhalb von Tobadill im Bezirk Landeck.

Es war im Jahre 1850, als ein alter Wanderer zur Alm hinaufstieg und, als er nur noch wenige Minuten von der Hütte entfernt war, unter einem großen Baum sieben Schweine sich herumtreiben sah. Das wäre nichts Außergewöhnliches gewesen, wenn nicht das eine von ihnen ein ganz besonderes Gegrunze von sich gegeben hätte. Der Alte ging näher und sah mit großem Erstaunen und auch mit leichtem Grauen, dass diejenige „Fack“, wie man das Schwein umgangssprachlich nennt, „Knoschpen“ an den Füßen trug. Solche Holzschuhe wurden gewöhnlich von den Älplern und Stallleuten getragen. Mit einem komischen Gefühl wich der Alte etwas furchtsam zurück und ging weiter zur Kaserhütte. Als er in die Hütte eintrat und grüßte, fragte er so nebenbei die Sennerin:

„Wie viele Facken habt ihr denn hier oben?“

Die Sennerin antwortete: „Sechs.“

„Merkwürdig“, antwortete der Wanderer, „ich habe doch sieben gezählt, und es war eine große Fack dabei, die hatte, auch wenn man es fast nicht glauben kann, Knoschpen an den Füßen und grunzte unglaublich laut.“

Die Sennerin rief den Hirten und beide eilten zusammen zu dem Baum, unter dem die Schweine ihren Unterstand hatten. Aber siehe, da lagen alle ganz ruhig da, keine grunzte, und es waren wie gewohnt nur sechs Schweine. Als beide wieder zur Hütte zurückkamen, hatten sie sich natürlich fest vorgenommen, den Wanderer ganz ordentlich zu verwarnen, weil er sie bei ihrer Almarbeit unnötig zum Narren gehalten hatte. Allerdings fanden sie den alten Wanderer in der Stube jammernd und mit dick aufgeschwollenem Kopf vor. Er sagte, es sei eine Sennerin stillschweigend hereingetreten, die habe genau solche Knoschpen an den Füßen gehabt, wie er an der Fack gesehen, und habe ihn angeblasen. Dem Wanderer blieb unwohl und er fühlte sich todkrank. Der Hirte führte ihn also in das nächste Dorf hinunter, wo sie sofort zum Geistlichen eilten und um seinen Segen baten. Aber schon nach zwei Tagen war der alte Mann tot.

Der Hirte und die Sennerin auf der Flathalm wussten nämlich schon, was es mit der Fack mit Knoschpen für eine Bewandtnis hatte. Vor vielen Jahren hatte eine Sennerin auf der Alm gelebt, die sich an den Schweinen versündigt hatte, und die nun dazu verdammt war, als eine Almsudl umzugehen. In der Gestalt eines Schweines musste sie jetzt selbst mit den Schweinen leben, an ihren Füßen hatte sie aber immer noch ihre Knoschpen, mit denen sie herumhopperte. Auch in der nahen Bergkluft hielt sie sich oft auf, aus der sie unversehens hervorkam, sich zu den Schweinen gesellte, heftig grunzte und dann wieder hinein in die Kluft lief.

Der Weg von Pians oder über Tobadill zur Flathalm verläuft heute noch über Wiesen und Wald und ist so manchem Wanderer oder Mountainbiker bekannt, wer weiß, ob nicht auch heute noch die Almsudl so manchem begegnet?

Die Hexe Stase von Landeck

Immer, wenn im Sommer schwarze Wolken über dem Talkessel von Landeck aufzogen, dann dauerte es nicht lange, und man sah eine Hexe auf einem Sattel, aber ohne Pferd, durch die Lüfte fliegen. Dabei hielt sie einen Besen in den Händen und fegte die Wolken dorthin, wo sie sie haben wollte. Auch konnte sie damit die Intensität des Regens bis hin zum Gewitter bestimmen. Jeder kannte sie und von allen wurde sie nur die „Hexe Stase" genannt.

Wenn sie nun zu Hause dabei war ein Mus zu kochen und ihr ging dabei das Salz aus, dann schwang sie sich während des Kochens schnell auf ihren Sattel und flog dorthin, wo man in Tirol das Salz abbaute, nach Hall in Tirol.

Das ging eine lange Zeit so dahin, die meisten wussten, dass die Stase eine Hexe war, schließlich wurde sie auf ihren Flügen auch von vielen Menschen gesehen. Einzig ihr Mann schien von ihrem Treiben nichts zu bemerken, aber vielleicht lag es auch daran, dass er als Schuster auf die Stör ging und daher nie lange daheim bei seiner Frau wohnte. Irgendwann versuchte ihn ein Nachbar auf das seltsame Treiben seiner Frau anzusprechen, doch der verstand überhaupt nicht, worauf jener hinaus wollte.

„Na, das weißt du doch, ich flicke und stelle Schuhe her, für einen Sattel musst du schon zum Sattler gehen. Ist es das, was du wissen wolltest, sag, was redest du denn heute für ein wirres Zeug daher? In meinem ganzen Haus gibt es keinen Sattel, wozu auch? Ich bin Schuster und ein Pferd haben wir auch nicht!"

Nun war sich der Nachbar sicher, dass der gute Mann der Hexe Stase sicher nichts von ihren Teufelskünsten wusste.

Neben seinem Handwerk hatte der Mann noch einen kleinen Acker, wo er meistens Gerste anbaute. Als er eines frühen Morgens sein Handwerkzeug zusammensuchte, sah er schwere Wolken hinter den Bergen aufsteigen. Da meinte er zu seiner Frau, er wolle doch lieber zu Hause bleiben, um die am Vortag gemähte Gerste unters Dach zu bringen, sonst könnte der Hagel die Körner ausschlagen.

Die Stase wollte aber an diesem Tag einen großen Hexentanz besuchen und beschwichtigte ihn schnell.

„Nein, nein, das wäre ja noch schöner. Das werde schon ich machen, schau du nur, dass du bei den Bauern viele „hinige" Schuhe zum Flicken bekommst, so dass ein Geld hereinkommt. Die Gerste werde ich schon vor dem Gewitter einbringen."

Das kam dem Mann doch komisch vor, wie wollte sie das wohl schaffen und wie konnte sie sich nur so sicher sein? Ihm fielen die komischen Worte seines Nachbarn ein, der immer wieder von einem Sattel sprach und von seiner Frau und dass da komische Dinge in seinem Haus vor sich gingen. Dennoch machte er sich auf zu dem weit entlegenen Hof, wo er um Arbeit fragen wollte. Der Zufall wollte es, dass der Hof genau am gegenüberliegenden Talhang von seinem Feld lag, von hier aus konnte er alles gut beobachten, was dort getan wurde. Schon fiel ein dicker Regentropfen herunter und gleich schon der nächste, und wie er zu seinem Acker hinüberschaute, sah er, wie eine Bauersfrau eine Gerstengarbe nahm und damit zur Scheune ging, und alle anderen Garben flogen wie eine Schar Tauben hinter ihr her.

Da wurde ihm ganz flau im Magen und er ließ Hammer und Ahle aus den Händen fallen.

„Ja, hast du denn noch nie von der Hexe Stase gehört?", fragte ihn der Bauer, bei dem er auf der Stör war, „die solltest du mal sehen, wenn sie auf ihrem Hexensattel durch die Luft saust, es gibt kein Pferdegespann in unserem Land, das so schnell ist wie sie", lachte der Bauer und verstand eigentlich nicht, warum der Schuster auf und davon lief.

„Sie tut aber niemandem etwas zuleide", rief er ihm noch nach. Aber dem Schuster ging es um etwas ganz anderes, er selber lief zum Gericht von Landeck und zeigte seine Frau der Hexerei an.

Der Richter war ein Mann der Tat und schickte sofort eine Schar Gerichtsdiener, die die Hexe einfangen sollten. Diese Männer waren vom Fach und hatten einen kupfernen Kessel dabei. Wenn man das Weib gefangengenommen hatte, dann musste man sie schnell in den Kessel hineinschmieden. Einfache Eisenketten reichen bei Hexen nämlich nicht aus, diese können sie wie Wollfäden auseinanderreißen, Kupfer aber widersteht der Zauberkraft der Hexen. Und wirklich war die Hexe Stase an diesem Tag schon mit ihren Gedanken auf dem Hexenfest und freute sich bereits auf die sinnlichen Genüsse, sodass sie keinen der Gerichtsdiener bemerkte.

Schnell wurde sie in den Kupferkessel gesteckt und mit Hand- und Fußschellen angeschmiedet. Das war natürlich ein Schauspiel für die gesamte Nachbarschaft, und als sie, in ihrem Kupferkessel gefangen, an der Schule vorbei kam, rief sie nach den Kindern:

„Begrüßt man so eine Hexe?", schrie sie grell lachend. „Werfen müsst ihr, werfen, Dreck, Steine, Erde, aber werfen müsst ihr. Könnt ihr nicht werfen?" Ihre Stimme wurde dabei immer heller und kreischender, denn die Wächter verboten den Kindern bei Strafe, nur ja nichts auf diese Hexe zu werfen. Denn hätte nur ein Krümmelein Erde die Hexe berührt, so hätte sie die Macht bekommen, sich von ihren Fesseln zu befreien.

Im Landecker Gericht machte man kurzen Prozess mit der Stase und verurteilte sie als Hexe zum Tod auf dem Scheiterhaufen. Die Stase aber zeigte weder Furcht noch Reue und sagte trotzig, als sie auf den hoch aufgeschichteten Holzstoß stieg:

„Leitla, ich sage es euch, heute wird ein warmer Tag werden!"

Sogleich wurde der Scheiterhaufen angezündet, und als die kleinen Flammen sich langsam in alle Richtungen auszubreiten begannen, kamen wie aus dem Nichts schwarze Vögel dahergeflogen und löschten unter schrecklichem Gekrächze und mit wildem Geflatter die emporzüngelnden Flammen aus. Ein Raunen ging durch die Zuschauermenge, aber die Gerichtsdiener ließen sich von nichts beirren und zündeten den Scheiterhaufen ein zweites Mal an. Und wieder kamen diese seltsamen dunklen Vögel und begannen unter wildem Getue das Feuer zu ersticken. Ins nächste Feuer wurden dann geweihte Sachen geschmissen, so wurde die Macht der Teufelstiere zunichte gemacht.

Hexe Stase fand nun auf dem Scheiterhaufen ihren Tod und verbrannte zu Staub und Asche. Ihr Sattel, auf dem sie so gerne als Hexe durch die Lüfte flog, wird noch bis heute auf dem Schloss Landeck aufbewahrt.

Der Klaubauf

An irgendeinem Ort im Paznauntal, das genaue Dorf nennt die Sage nicht, lebte ein unglückliches Ehepaar, das keine gut bezahlte Arbeit hatte und froh war, wenn es gerade satt wurde. Dazu hatten sie auch noch ein Kind, welches der Mutter sehr viel „Verdruss" machte und überhaupt nicht gehorchen wollte. Es stelle viele freche Dinge an und oft drohte die Mutter dem Kind:

„Wenn du gar nicht folgen willst, so übergebe ich dich ganz gewiss einmal dem Klaubauf!"

Doch sie sagte es nicht nur einmal zu ihrem Kind, und irgendwann glaubte ihr das Kind nicht mehr und es blieb böswillig, halsstarrig und unfolgsam. Es schlug die Mahnungen und Drohungen der Eltern einfach in den Wind.

Als nun der Sankt-Nikolaus-Tag herankam, welcher den guten Kindern schöne Geschenke bringt, da kam ein furchtbar hässlicher Klaubauf zu den Eltern in die Stube. Er hatte besonders lange Hörner und glühende Augen und fragte die Eltern mit hohler Stimme:

„Darf ich das schlimme Kind da mitnehmen?"

Die Eltern hatten zwar keinen Klaubauf bestellt, meinten aber, dass ein Nachbar sich den Spaß gemacht habe, das Kind zu erschrecken und es so auf eine bessere Bahn zu lenken.

„Ja!“, kam es aus dem Mund beider Eltern.

„Darf ich es wohl gewiss mitnehmen?“, fragte der Klaubauf zum zweiten Mal.

Und nachdem die Eltern ihm wieder die Erlaubnis gegeben hatten, fragte er zum dritten Mal:

„Und darf ich es im vollen Ernst mitnehmen?“

Und die Eltern bejahten es zum dritten Male. Nun schnappte sich der Klaubauf das Kind und trug es zur Tür hinaus. Draußen hörte man aus der Luft herab einen herzzerreißenden Schrei vom Kind und dann war alles beängstigend still.

Nun bekamen die Eltern Angst und liefen schnell zur Tür raus, um nachzusehen, wohin der Klaubauf mit dem Kind gegangen sei. Doch sie fanden keine Spur von ihm, wo sie auch suchten, es war nichts mehr vom Klaubauf mit dem Kind zu sehen. Das Kind aber war für immer verloren, denn der Klaubauf war kein Maskenscherz, es war der Böse selber. Die Mutter ist daraufhin vor Kummer und Gram krank geworden und bald darauf gestorben.

Auch in Innsbruck, vor allem in Hötting, spukt der Klaubauf, wird aber von den Einheimischen meist nur Kurbur genannt. Er wohnt in der „Kranebitter Klamm“, welche eine ganz furchtbare und raue Felsenkluft ist. An einer Stelle der Klamm neigen sich die Felsen über den hindurchziehenden Weg im Bogen gegeneinander, gleich wie ein gotisches Gewölbe, so dass der Weg ganz dunkel wird. Dieser Engpass führt den seltsamen Namen „die Hundskirche“.

Der Klaubauf ist in Hötting außerordentlich gefürchtet, besonders von den Innsbrucker Kindern. In einem treffenden Reim beschreiben sie das dämonische Wesen und sein Wirken mit nur wenigen Worten.

„Kurbur aus der Klamm
frisst d'Bub'n und d'Madln z'samm."

Wie der Müller um seinen Esel kam

In der Gegend von Nauders, im Oberen Gericht, stand in der Nähe eines Wirtshauses eine bescheidene Mühle, in der ein Müller seiner Arbeit nachging, und da er alleine lebte, kann man wohl eher von einem „Dahinwurschteln" sprechen. Der Müller war zwar von kleiner Statur, doch groß war sein Durst. Wie die meisten Müller hatte auch dieser einen gutmütigen grauen Esel, und mit dem fuhr er stets nach Nauders auf den Wochenmarkt. An diesem Tag hatte der Müllersmann dann einen noch größeren Durst als für gewöhnlich, und jedermann wusste, dass der Müller an solchen Tagen des Müllerwirts liebster und bester Gast war. Der Esel musste während dieser Zeit freilich vor dem Wirtshaus recht lange warten, aber das entsprach eh seinem Temperament.

Nun hatte der Müller wieder einmal auf dem Kornmarkt seine Geschäfte pflichtgemäß erledigt und war dabei, seinen Durst im benachbarten Wirtshaus zu stillen. Da kamen zwei Kapuzinerbrüder des Weges, ein alter und ein junger. Und weil der alte durch den langen Fußmarsch schon sehr erschöpft war und bereits hinkte, da sagte der junge Kapuziner:

„Bruder, siehst du den Esel dort vor dem Gasthaus stehen? Bitte setze dich auf ihn und ziehe langsam weiter, ich werde die Sache mit seinem Besitzer klären!"

Also setzte sich der alte Bruder auf das Tier und ritt davon, gegen Münster zu. Der jüngere aber, der ein wirklicher Spaßvogel war, stellte sich an Stelle des Esels vor den Karren und legte sich des Esels Geschirr an. So wartete er, bis der betrunkene Müller zur Tür heraustaumelte. Als dieser anstatt des Esels den Bruder mit seiner braunen Kutte und dem Spitzbärtchen vor seinem Wagen erblickte, fuhr er erschreckt zusammen, denn er glaubte, dass er nun schon Fantastereien sah und ihm der Alkohol einen Streich spiele. Langsam ging er auf den Kapuziner, der vor seinen Wagen gespannt war, zu und begann schließlich mit ihm zu reden:

„Ja, jetzt sog a mol, wer bist jetzt du und wo ist mein Esel hin?“

„Mein guter Müller“, antwortete der Spaßvogel, „die Sache mit dem Esel siehst du falsch. Auch ich bin früher mein Leben lang ein Saufbruder gewesen wie du. Zur Strafe wurde ich in einen Esel verwandelt, damit ich von nun an die gleiche Menge Wasser saufen müsse. Auch habe ich die ganze Zeit über dir brav deinen Karren gezogen und deine Säcke geschleppt. Jetzt aber habe ich meine Strafzeit abgebüßt und habe wieder menschliche Gestalt bekommen. Damit ich aber nicht da weitermache, wo ich als Mensch aufgehört habe, ist aus dem alten Saufbruder jetzt ein Klosterbruder geworden. In den darf der Saufteufel nimmer hinein.“

„Ah so ist das“, antwortete der Müller und begann gedankenverloren, den Kapuziner aus dem Geschirr zu befreien. Im Stillen dankte er jedoch allen Heiligen Gottes, dass er bis jetzt nicht auch so gestraft wurde und nahm sich ganz fest vor, sich nie wieder einen Rausch anzusaufen. Ein wenig traurig war er allerdings schon, dass er nun keinen Esel mehr hatte, aber was soll's. Er ließ seinen Wagen einfach beim Wirtshaus stehen und machte sich auf den Weg zum nächsten Pferdemarkt in den Vinschgau, um einen neuen Esel zu kaufen, wobei ihn der Kapuziner noch ein Stück des Weges begleitete.

Als er nun auf dem Markt angekommen war, begann er eifrig die Tiere zu mustern. Sein Blick fiel auf einen Esel, der seinem früheren auffallend ähnlich sah. Verwundert betrachtete er ihn genauer. Er hätte ihn auch gerne gekauft, aber was wäre, wenn sich das Tier abermals verwandeln würde und er wiederum den Schaden hätte?

Also nahm er das Tier und ließ es ein wenig laufen und tat so, als wollte er es erproben. Bevor er aber wieder umkehrte, rief er dem Esel ins Ohr:

„Sehr geehrter Bruder, haben Sie etwa schon wieder zu tief ins Glas geschaut? Wenn Sie es sind, werde ich mich wohl hüten, Sie zu kaufen."

Die mutige Magd im Wattener Tal

Im Wattental, das sich stundenlang ins Hochgebirge hinaufzieht und den Zugang zu den Almen bildet, die sich zu beiden Seiten an die unwirtlichen Berge schmiegen, liegt westlich von Walchen am linken Bachhang die schöne Alm Waz. Hier hauste jedes Jahr zur Winterszeit ein unruhiger Almputz. Nacht für Nacht rumorte er in der Hütte, als ob er jegliches bewegliche Teil zu Kleinholz schlagen würde. Zudem machte er sich den Spaß, mit dem Wind um die Wette zu pfeifen. Dafür stelle er sich in der Hütte vor der langen Wand auf und pfiff aus jedem Astloch heraus, aber so laut und so schrill, dass man es in der gesamten Gegend hörte. Lediglich um Weihnachten verhielt sich die arme Seele ruhig, als achte sie die Festtage und hoffe auf ihre Erlösung. Gleich danach aber trieb der Putz sein Unwesen noch lauter als zuvor, und das blieb so bis zum Frühjahr. Wenn dann die ersten Amseln mit ihrem Geträller den Frühling ankündigten, dann verschwand der Almputz und kam erst wieder, wenn die Almleute mit dem Almabtrieb die Hütten verlassen hatten.

An einem Heiligen Abend saß der Bauer, dem die Alm gehörte, mit seinem Gesinde am Weihnachtstisch, und alle miteinander ließen es sich schmecken. Da kam die Rede auch auf die Wattener Alm, und da meinte der vorlaute Jungknecht:

„Ob das Kasermandl heut' Abend auch die Christnacht feiert?"

Der Bauer hatte schon einige Gläschen Rotwein getrunken und war nicht mehr ganz nüchtern, denn sonst hätte er dem jungen Burschen eins hinter die Ohren gegeben wegen dieses dreisten Gedankens. Stattdessen lachte er auf und begann mit schwerer Zunge einen Handel vorzuschlagen:

„Wer von euch die Schneid besitzt, zum Kasermandl auf die Alm zu gehen und nachzuschauen, was es da oben so alleine treibt, der bekommt von mir", und hier machte er eine gezielte Pause, um die Spannung noch zu erhöhen, „der bekommt von mir – meine schönste Kuh im Stall!", rief er aus.

„Und ihr alle wisst, welche ich damit meine! Aber den Melkkübel muss derjenige mitbringen, damit ich auch sicher weiß, dass er wirklich droben auf meiner Hütten war und auch wirklich hineingegangen ist", lachte der Bauer mit hochrotem Gesicht.

Jedem der am Tische Sitzenden hatte es die Sprache verschlagen, denn ein jeder von ihnen wusste, was mit jenen passiert, die nach dem Almabtrieb um Michaeli (29. September) noch auf die Alm in die Hütten gingen. Das Kasermandl würde einen jeden grün und blau schlagen, dass man froh sein konnte, wenn man noch als gerader Mensch wieder ins Tal kommt. Darum sagt nun keiner ein Wort, selbst der Großknecht war ganz fein still, niemand wollte diesen Handel eingehen, auch wenn es um die schönste Kuh im Stall ging. Schon wollte der Bauer anfangen über sein Gesinde zu spotten, da stand seine junge Magd auf, die ein braves, fleißiges Mädchen war.

„Wenn keiner gehen mag, dann gehe halt ich und werde schauen was das Kasermandl da oben alleine so macht. Aber wenn ich den Melkkübel von der Alm bringe, dann gehört die schönste Kuh im Stall mir“, sagte sie in die Runde.

Jeder außer dem Bauer wusste, warum sie dies tat. Ihre Mutter lag schon seit einigen Wochen sterbenskrank im Bett und wartete auf den Tod. Mit der versprochenen Kuh sah sie einen Hoffnungsschimmer aus Krankheit und Not.

Keiner sagte ein Wort, und so nahm die mutige Magd mit ernstem Gesicht ihr Schultertuch und wickelte sich warm ein. Draußen vor dem Haus wollten ihr die Tränen in die Augen steigen, aber tapfer ging sie weiter, immer gerade aus und immer den Berg hinauf. Den Weg kannte sie gut, schließlich war sie schon seit ein paar Jahren bei dem Bauern im Dienst, aber in der Nacht und bei dem hohen Schnee brauchte sie doch viel Kraft, um bis auf die Alm zu gelangen. Schweißgebadet war sie endlich auf dem Almboden angelangt. Das Hüttenfenster war hell erleuchtet, doch nun verließ sie ihr Mut.

„Wenn ich jetzt nicht hineingehe, dann war alles umsonst“, sprach sie sich leise Mut zu, „und verkühlen werde ich mich auch.“

Sie machte das Kreuzzeichen und ging mit leisen Schritten auf die Tür zu, schob den Riegel zur Seite und öffnete die Tür.

Da sah sie das Kasermandl, bucklig, mit kurzen Füßen und langen Armen. Es hatte einen dicken Bauch, und bis hierher hing sein langer Bart herab. Sein Kopf aber war groß und darauf trug es einen Hut. Das Kasermandl hatte sein Feiertagsgewand an und saß am Tisch und stocherte mit einem hölzernen Löffel in der Muspfanne am hell lodernden Herdfeuer.

„So wohl, da bist du ja. Ich dachte schon, du traust dich die letzten paar Meter nicht mehr weiter und kehrst wieder um zum Bauern!“, sagte es mit seiner knarrenden Stimme. „Geh, setz dich her da und iss vom guten Rahmmus“, sprach's und reichte auch ihr einen Löffel.

Doch was sie da in der Muspfanne sah, das sah ganz und gar nicht appetitlich aus. Eine kohlschwarze Masse lag dort in der Pfanne, die Butter, die darauf stand, war fingerhoch und roch nach ranzigem Fett. Und ihr Löffel, den sie in der Hand hielt, an dem klebten noch alte Essenreste. Der Magd wollte sich der Magen umdrehen, aber aus Angst vor dem Kasermandl wagte sie es nicht zu widersprechen und setzte sich zu ihm. Sie nahm den schmutzigen Löffel und tauchte ihn tief in das ekelhaft schwarze und ranzige Mus; nun besann sie sich und machte noch schnell ein Kreuz übers Essen – doch siehe da, vor ihr standen die herrlichsten Weihnachtskrapfen, wie man sie sich nur vorstellen konnte. Beide aßen gemeinsam aus der Pfanne und die junge Magd langte ordentlich zu, denn der Weg war sehr beschwerlich gewesen. Nachdem sie fertig gegessen hatten, schaute das Kasermandl sie eindringlich an und fing dann an zu sprechen:

„Ich weiß, warum du hier bist. Und du kannst mir glauben, wenn du nicht im Sinn hättest, deiner kranken Mutter zu helfen, dann hätte ich dich schon längst in tausend Fetzen zerrissen. Aber auch dem Bauern sollte ich die Leviten lesen und höre mir gut zu, Madl, wenn er dir nicht gibt, was er dir versprochen hat, dann sage ihm, dass das Kasermandl schon dafür sorgen wird, dass du zu deinem versprochenen Lohn kommst. So, nun nimm den Melkkübel, um den du gekommen bist, und lass dich hier um diese Jahreszeit nie wieder blicken!“

Jetzt sah sie den gesuchten Melkkübel an der Tür stehen, und als sie sich zum Mandl umsah, war von ihm nichts mehr zu sehen. Mit einem „Danke“ und einem „Pfiat di Gott!“ nahm sie den Melkkübel und machte sich auf den Heimweg. Nun erschien ihr der Weg gar nicht mehr schwer und lang, die Sterne der Christnacht blitzten ihr lustig zu.

Am nächsten Morgen übergab sie dem Bauern den gewünschten Melkkübel von der Wattener Alm, aber der schrie sie an:

„Du dummes Madl, du, wer kann denn so blöd sein und in der Christnacht auf die Alm um den Melkkübel gehen? In der Christnacht gehört es sich in die Kirche zu gehen, du dummes Luder. Glaubst du wirklich, ich gebe jemandem meine beste Kuh, der zu dumm ist zu erkennen was Spaß und was Ernst ist? Du dummes Gitschele, du?“ Und mit einem „Geh mir aus den Augen“ schob er sie zur Seite.

Die anderen Mägde und Knechte sagten nichts, sondern schauten alle zu Boden, der mutigen Magd aber wollten die Beine nicht mehr gehorchen, sodass sie sich setzen musste. Tief enttäuscht brachte sie den Weihnachtstag hinter sich, an dem zwar nicht so viel Arbeit wie an einem Werktag anfiel, aber dennoch gab es am Hof die Arbeiten, die eben erledigt werden mussten.

Am Morgen des zweiten Weihnachtstages herrschte große Aufregung auf dem Hof, denn die beste Milchkuh lag tot im Stall. Der Bauer schaute die junge Magd groß an und diese besann sich der Worte, die das Kasermandl ihr mit auf den Weg gegeben hatte.

„Bauer, das war das Kasermandl, weil du mir nicht gegeben hast, was du mir versprochen hattest“, sagte sie nun.

„Papperlapapp!“, war das Einzige, was der Bauer herausbrachte.

„Wohl, wohl, wirst schon sehen. Das Kasermandl hat zu mir gesagt, dass wir beide gestraft werden sollten, so einen Handel zu machen. Weil ich aber die Milch für die kranke Mutter brauche, gab es mir den Melkkübel von der Wazalm und sagte mir, dass es schon dafür sorgen werde, falls du mir die versprochene Kuh nicht geben würdest. So war's, Bauer, ich tu nicht lügen, du kennst mi", sagte das junge Mädchen eindringlich.

Doch der Bauer drehte sich um und ging sich fürs Kirchengehen herrichten, heute am Stefanitag, da spielten die Bläser.

Es kam der nächste Morgen und wieder fand man eine der besten Milchkühe tot im Stall, erwürgt an ihrer Stallkette. Und das war jetzt eindeutig das Kasermandl, denn diese kleinen Dämonen liebten es, den Menschen einen Streich mit den Stallketten zu spielen. So hängten sie mit Vorliebe zwei Kühe an eine Kette, sodass der Bauer oder eben der Knecht in der Früh seine arge Not hatte, sie wieder auseinanderzubringen.

Und so ging es von nun an weiter, jeden Tag lag eine tote Kuh im Stall, bis der Bauer endlich einsah, dass es besser wäre, die versprochene Kuh an seine Magd zu geben.

„Madl", rief er laut nach der Magd, „Madl, geh her da, ich habe was mit dir zu reden."

Sämtliche Hofbewohner und Arbeiter spitzten die Ohren und die Magd schaute den Bauern groß an.

„Horch, du gehst jetzt in meinen Stall da und suchst dir eine Milchkuh aus, nimm dir, welche dir gefällt, und von nun an will ich nichts mehr von einem Kasermandl auf meinem Hof hören. Habt ihr verstanden, alle miteinander, die ich nicht fürs Nichtstun durchfüttere!"

Schnell ging die Magd in den Stall und suchte sich eine junge Milchkuh aus, band sie ab und führte sie im Laufschritt zu sich nach Hause, wo sie schon einen Unterstand bereitet hatte. Ab diesem Tag lagen beim Bauern keine toten Kühe mehr im Stall und am Hof waren alle erleichtert. Die Magd und ihre Mutter hatten endlich täglich frische Milch, konnten buttern und käsen, und nach einigen Wochen war die Mutter wieder gesund. Beide gedachten jeden Abend vor dem Schlafengehen dem Kasermandl, das man seit dieser Christnacht nie wieder auf der Wazalm gesehen hat.

Vom Pfaffenstein und anderen Platten

Etwas unterhalb der neuen Straße am Gerlospass – dort, wo der alte Fahrweg noch stückweise erhalten ist – liegt eine große Steinplatte. Und ihr Name „Pfaffenstein" ist ein sehr einprägsamer Name für eine gewöhnliche Steinplatte.

Ein ehemaliger Priester ging vor langer Zeit das Gerlostal zu Fuß aufwärts. Hinter dem Weiler Marteck bemerkte er vor sich eine pummelige Bauerndirn. Es wurde schon langsam dunkel, und der Teufel, der das ausgetretene Pfäfflein ohnedies gern ritt, setzte ihm ordentlich zu. Er begann schneller zu gehen, und als er die Dirn endlich eingeholt hatte, machte er ihr einen unmissverständlichen Antrag:

„Madl, bist du schön! Kaum habe ich dich gesehen, da war es um mich geschehen. Madl, es gibt Dinge zwischen Mann und Weib, darüber redt' man nicht, die tut man, und lass dir gesagt sein, ich werde schweigen, wie es sich für einen Kavalier gehört", begann der Mann und die junge Bauerndirn schaute ihn sehr verwundert an und begann immer misstrauischer zu werden, je mehr er redete. Sie begann erschrocken von der Sünde zu reden und machte, dass sie weiterkam. Doch der ehemalige Priester wollte sich nicht so schnell geschlagen geben.

„Sünde?", antwortete er, „Madl, ich bin Pfarrer, wie sollte ich dich zur Sünde verführen, als Mann Gottes?

Wenn wir beide Liebe machen, wird es niemals Sünde sein", versicherte ihr der Fremde.

„Gewiss nicht?", fragte das Mädchen, dem der junge Mann wohl auch gefiel, und das sich durch die schönen Worte langsam geschmeichelt fühlte.

„So wenig, wie die Steinplatte da butterweich werden kann", behauptete der liebeshungrige Verführer. Als er die junge Frau auf die Platte niederdrückte, gab diese aber nach und wurde als Zeichen seines sündhaften Tuns butterweich. Da bekamen es natürlich beide mit der Angst zu tun und mit einem entsetzlichen Schrecken suchten sie das Weite, ein jeder in eine andere Richtung. Noch heute trägt der Stein die Abdrücke der Dirn.

Nicht weit entfernt, gegenüber der Gemeinde Finkenberg, gibt es den „Hochsteg" über den Tuxer Bach, der bei den Einheimischen auch Teufelssteg genannt wird.

Ein Bursche aus Finkenberg hatte eine Magd geschwängert, die er aber ganz gewiss nicht heiraten wollte, auch hatte er nicht im Sinn, das Kind jemals anzuerkennen oder Alimente zu zahlen. Viele wussten aber, dass er mit der besagten Magd zusammen war, aber immer, wenn er darauf angesprochen wurde, stritt er alles ab und leugnete.

Als er eines Tages gerade nahe dem Hochsteg war und von mehreren seiner alten Bekannten umgeben war, die ihm zuredeten, sich des Kindes anzunehmen und die Magd doch zu heiraten, da trat er auf eine Steinplatte am Wege und sprach:

„So wahr dieser Stein, auf dem ich stehe, so hart ist, dass meine Schuhnägel ihn nicht eindrücken, so wahr bin ich nicht Vater von dem Kind."

Kaum war dieser Meineid gesprochen, so war der Teufel da, zerrte den falschen Schwörer über den Steg und warf ihn dann in den hundert Meter tiefen Abgrund in den brausenden Bergbach. Seitdem heißt dieser Steg der Teufelssteg, und in der Platte kann man noch die tief eingedrückten Spuren der Schuhnägel des Meineidigen sehen.

Vor vielen Jahren ging einmal eine junge Dirn, die nicht gerade ein „unbeschriebenes Blatt“ war, mit ihrem Kind zum Stubenegg. Sie war von Sankt Anton. Da trat ihr am Stubenegg eine Frau in den Weg und sagte:

„Schenk mir das Kind!“

Die junge Mutter gab, ohne weiter zu denken, das Kind hin. Nun nahm die scheußliche Frau das kleine Wesen und presste es fest in den Felsen hinein. Soweit es in den Felsen hineingegangen ist, soweit soll es der Mutter ins Herz gedrückt worden sein.

Heute gibt es im Felsen eine kleine Höhle, die immer halb mit Wasser gefüllt ist. Schöpft man das Wasser aus, so sickert es langsam wieder nach. Die Leute sagen, es sei das Blut des Kindes. Über der Grube ist im Felsen eine eigenartige Form, die Einheimischen sagen, das ist der Abdruck des Kindes. Die unheimliche Frau war aber die Hexe vom Stubenegg.

Auch in Silz im Oberinntal wurde einer Mutter am helllichten Tag das Kind vom Teufel gestohlen. Aber auch sie war nicht ganz schuldlos daran, da sie zu dem Schreikind sagte:

„Wenn du nicht still bist, soll dich der Teufel holen!“

Die ganze Gemeinde war dem Kindsdieb, durch das Schreien der Mutter alarmiert, bald auf den Fersen, und der Pfarrer hatte um Unterstützung aus dem Stift Stams geschickt. Fünf Männer hatten ihn fast erreicht, als dann die restlichen Dorfbewohner unter Anweisung des Priesters aus Stift Stams rosenkranzbetend nachfolgten, fanden sie diese nur mehr bewusstlos, wo der Steig nach Wolfsgruben abzweigt. Am höchsten Punkt der Steingasse hielt der Pater an, ihm gegenüber, auf dem Steig zum Kochlach, stand der Böse als Jägersmann. Seine Hörner waren unter seinem Hut versteckt, die Bocksfüße waren aber deutlich zu sehen.

Der Zisterzienser sprengte Weihwasser in alle Richtungen und rief dem Höllenfürsten zu:

„Weiche fort im Namen Jesu!"

Da musste der Teufel gehen und verschwand unter Donnergrollen und Schwefelgestank. Das Kind hatte der Teufel aber auf einer Steinplatte abgelegt, der Platz ist heute noch zu erkennen und wird „Poppeledruck" genannt.

Auf dem Weg zur Tumpener Alm im Ötztal kommt man zu einer Stelle, die man „am Truttefuß" nennt. Das ist eine etwas erhöhte Steinplatte, auf der sehr merkwürdige Vertiefungen zu sehen sind. Eine davon sieht aus wie ein Menschenfuß, eine wie ein Kuhfuß und die dritte wie ein Ziegenfuß. Diese Eindrücke in der Platte rühren von einer Trude her, die da darüber gegangen ist. Truden sind nächtliche Druckgeister, die sich ihrem Opfer auf die Brust setzen, sodass diese keine Luft mehr bekommen.

Auch wird die Steinplatte „der Hexentanz" genannt.

Die Schatzhüter auf der Reichenspitze

Auf der Grenze zwischen dem Zillertal und dem Pinzgau liegt die majestätische Reiche Spitze oder der Reichenspitz. Weithin schimmern ihre ausgedehnten Schneefelder, die sich hoch über graue Felsabstürze ausbreiten. Seit undenklichen Zeiten liegen in den fast unzugänglichen Gufeln, nahe unter dem Scheitel des Gebirgsstocks, Schätze, welche ein anderes, vorzeitliches Geschlecht im geheimen Bund mit der Naturkraft dort wachsen ließ und verbarg. Es gibt dort Gold- und Silberadern, die der erlangen kann, der Mut und Unerschrockenheit besitzt. Aber es liegt kein Segen über diesen Schätzen, und sie werden auch nur alle Jahrhunderte einmal von einem Menschen gefunden. Denn so selten ist es, dass einer so keck ist und so viel Verwegenheit besitzt, dort hinaufzuklettern in die ewig starre Eisregion. Wenn er dann in die Schatzgufeln hinuntersteigt und wieder hinauf und dann mit dem ganzen Ballast über Eis und Stein ins Tal hinunter – das sind mühsam abgerungene Schätze! Wer versucht, zu viel wegzutragen, der wird nie mehr hinaufgelassen. Noch niemand hat bisher verraten, wie es dort oben aussieht, aber es kann nicht besonders schön sein, denn dort droben wohnen in ihrer grimmen, kalten Pein die sieben Schatzhüter. Als Wächter über die Gold- und Silberadern in den Schrunden und Schröfen des Eisgebirges hoffen sie auf schnelle Erlösung, und das geschieht dann, wenn einer von jenen, die vom Schatz genommen haben, stirbt. Dieser muss dann hinaufwandern zum Reichenspitz in das Reich der kalten Pein, und jener Hüter, der von den sieben am längsten droben verbracht hat, darf heimgehen in das Reich des ewigen Friedens.

Einmal hatte ein Bauer aus dem Dorf Stumm, am Anfang des Zillertales, einen weiten und wichtigen Gang zu tun, zu dem er bereits in der Nacht aufbrechen musste. Als er wieder heimkehrte, brach schon der Tag an, und die Vögel begannen zu singen. Der Tag versprach heiß zu werden und so sprach der Bauer zu sich:

„Heute gilt's! Heut heißt's Sensen dengeln, was mein Arm aushalt', denn es wird ein Tag, an dem's am gleichen Tag rauschdürres Heu gibt – am Vormittag wird's niedergemäht, abends wird's heimgefahren."

Da kam ihm auf einmal ein Mann vom anderen Ende des Steigs entgegen und als er näherkam, da erkannte er ihn als seinen Nachbarn. Aber der kam in völligem Winteranzug, im Lodengewand mit dicken Pelzfäustlingen an den Händen und mit einem starken Bergstock daher.

„Ja, wohin willst d' denn? Übern Tauern? Schaust ja aus wia a Eismandl“, lachte ihn der Erste aus.

Der angeredete Nachbar grüßte nicht, dankte nicht und ging einfach kalt vorüber. Und noch dazu kalt im eigentlichsten Sinn des Wortes, denn es ging eine Kälte von ihm aus, dass es den Bauer überrieselte. Dann aber tat der doch seinen Mund auf und sprach mit tiefer Stimme:

„Auf d' Reich'nspitz! Gold hüten!“

Der Erste ging nun auch einfach weiter, denn er fühlte sich von seinem Nachbarn veralbert. Kaum trat er in sein Haus ein, da rief ihm schon seine Frau die Neuigkeit entgegen, dass der Nachbar in der Nacht todkrank geworden sei und die Nacht wahrscheinlich nicht überstanden hatte. Nun ging dem Bauern ein Licht auf. Denn mit diesem Bauern hatte es seine Bewandtnis, vor Jahren hatte er seinen Hof massiv heruntergewirtschaftet, dass um ein Haar alles versteigert werden musste. Da war er einige Tage lang fort gewesen und dann vergnügt wiedergekommen, worauf es mit seinem Anwesen schnell wieder bergauf ging. Auswärtige Freunde, sagte er, haben ihm geholfen. Ja – sehr auswärtig! Droben die Schatzhüter auf der Reichenspitz waren es gewesen.

Nun kam eines Tages ein Venediger-Mandl in das einsame kleine Dorf Gerlos, und auch dieses kam nur aus einem einzigen Grund, wegen der Schätze in dem gewaltigen Eisdom des Reichenspitz. Die kleinen, graubärtigen Männlein hüten nicht nur Gold- und Silberadern, sie hüten auch einen unerschöpflichen Schatz aus Goldmünzen und funkelnden Edelsteinen. Die in Loden gekleideten Schatzhüter geben den Menschen gerne von dem Schatz, weil sie nun wieder einen sicheren Nachfolger haben, der ihren Platz nach seinem Tod einnehmen wird. Anders ist es bei den Venedigern, die erhalten von den Hütern Schätze in Hülle und Fülle, ohne dafür büßen zu müssen.

Der Venediger nahm sich einen einheimischen Führer und fragte ihn, ob er gleich seinen Lohn haben möchte oder nicht doch mit ihm den Gewinn, den er auf der Spitze zu erhalten hoffe, teilen wolle. Der Bergführer wollte „nichts verspielen“ und wünschte lieber gleich bezahlt zu werden.

Auf dem Gipfel des Reichenspitz angekommen, zog der Venediger mit seinem Stock einen Kreis in den Schnee und trat mitten in ihn hinein. Dann zog er ein kleines Buch aus seiner Tasche und begann Zauberformeln zu lesen. Plötzlich erschien ein ganz kleines „Letarl“ mit einem straff gefüllten Geldsack, den es dem Venediger übergab, und das dann eilig wieder zwischen den Felsblöcken verschwand. Der Venediger lud sich den Sack auf den Rücken und befahl dem Führer nun den Abstieg anzugehen. Dem Burschen aus Gerlos, den reute es jetzt natürlich bitter, als er erkannt hatte, dass er freiwillig den besseren Lohn ausgeschlagen hatte. Der Venediger hätte das Gold mit ihm geteilt, aber nein, er wollte das Geld natürlich schon im Vorhinein haben. Wie sie beide im Schnee wieder ins Tal stapften, kam ihm der Gedanke, dass er dem reichen „Gicker“ vielleicht doch noch etwas Geld aus der Tasche ziehen könnte. Als sich ihm eine günstige Gelegenheit bot, da lief er plötzlich ein Stück weit voraus und versteckte sich hinter einem Felsen, um hier dem Venediger aufzulauern. Er wartete und wartete, aber so seltsam es klingen mag, sein Kunde kam nicht. Nun versuchte er vorsichtig hinter seinem Versteck hervorzulugen, aber keine Spur von dem kleinen italienischen Mandl, es schien wie vom Erdboden verschwunden. Missmutig ging darauf der Führer einfach zu sich nach Hause und kümmerte sich nicht weiter um den fremden Gast.

Ein Jahr darauf kam der Venediger wieder nach Gerlos und die beiden trafen sich ganz unvermutet. Jetzt fragte der Venediger seinen ehemaligen Führer, ob er sich noch erinnern könne, wie sie miteinander auf den Reichspitz gestiegen waren. Als dieser durch ein Kopfnicken bejahte, sprach der Venediger weiter, dass er auch sehr gut wisse, wie er ihm in seinem Versteck aufgelauert habe. Das Lustige aber daran war, wie er sagte, dass sie beide fast in dem Moment zusammengestoßen wären, wie ihm eine Fliege auf die Nase gebissen habe, denn da war er ganz „gleim" bei ihm vorbeigegangen.

Zum Bergbau in Schwaz

Im Jahr 1409 entdeckte eine Dienstmagd namens Gertrud, andere sagen, es war die Margaret Kandlerin, auf der Viehweide des heutigen Kogelmoos ganz auffällig aussehendes Gestein. Ein Stier soll mit den Hörnern den Boden aufgewühlt und das Erz bloßgelegt haben. Mit diesem Fund von der Magd waren die ersten Erzlagerstätten der Falkensteiner Silbererze entdeckt, die den späteren Reichtum der Stadt Schwaz begründeten. Eine alte Grube in dieser Gegend hieß lange Zeit noch „Jakob am Stier". Heute heißt dieser Platz allgemein „der Stier".

Am Weg zu diesem ersten Stollen soll auch einer der Bergknappen einmal einen glücklichen Fund gemacht haben. Auf dem täglichen Arbeitsweg der Bergknappen hat sich eine kleine Quelle befunden. Einer der Knappen hatte nun einmal starken Durst, er kniete sich hin und trank aus diesem Bächlein. Da sah er am Grund Schlamm in der hellen Sonne metallisch glänzen, was sich dann als Silber entpuppte. Der hier aufgeschlagene Stollen wurde deshalb „Silberbründl" genannt.

Einmal begann ein Mann als freier Unternehmer einen Stollen zu graben. Sein Graben war lange vergebens. Da kniete er einmal beim „Armenseelenmarterl" in der Nähe des Ziegenstalles und flehte zu Gott:

„Herr, ich bin ein armer Schlucker, nahe am Verhungern. Lass mich einmal auf eine Erzader stoßen, damit ich aus meiner Not komme."

Wie er am nächsten Tag einfuhr – so sagt der Bergmann, wenn er in den Berg hineingeht – war drinnen ein Glänzen und Funkeln, wie er es noch nie gesehen hatte. Er grub und grub und gewann einen großen Reichtum und begann ein Schlemmerleben und vergaß, an seinen Herrgott zu denken. Aber am Ende seines Lebens kamen ihm die Zweifel, er ging wieder zum Marterl und fragte:

„Herr, wenn dir mein Treiben missfällt, dann nimm mir die Ader wieder." Mit diesem Augenblick blieb das Silber aus.

In einigen Stollen des Schwazer Bergwerks lassen sich an manchen Tagen kleine Männlein sehen. Sie sind gekleidet wie die Bergknappen und tragen lange Bärte. Von ihrer Wesensart sind sie gutmütig und schaden nur dem, der sie neckt. Oft halfen sie den Knappen, die sich vor ihnen nicht fürchteten, bei schwerer Arbeit. Was sie aber nicht mochten, das war angeredet zu werden. Wenn sie einem bei der Arbeit geholfen hatten, musste man zu ihnen sagen: „Vergelt's dir Gott!" Vergaß das ein Knappe, konnte ihm ein Unglück geschehen. Einmal hatten zwei Knappen den Befehl, in die Falkengrube, einen der gefährlichsten Stollen, einzufahren. Sie taten es und bald erschienen zwei graue Männlein. Die Knappen neckten die Männlein und sprachen zu ihnen:

„Ihr kleinen Dinger da, bringt uns etwas zum Essen und Trinken, das ist gescheiter als faul herumzustehen!"

Bei diesen Worten verschwanden die Männlein plötzlich. Plötzlich stürzte der Schacht ein und begrub die

Knappen unter Felsen und Steinen. Seitdem hat man vor den Männlein großen Respekt.

Ein anderes Erlebnis mit den Schachtmännchen hatte ein Hutmann (Steiger, Aufsichtführender), der mit seinen Leuten im Bergwerk beschäftigt war. Da hörten sie ein Klopfen, als hämmere jemand im Stollen daneben an die Wand. Das dauerte eine ganze Weile. Darüber wurde der Hutmann ängstlich und sagte:

„Es droht uns Gefahr, das Bergmännchen warnt uns."

Die Knappen lachten ihn aus und arbeiteten weiter. Am nächsten Tag klopfte und rauschte es wieder, und diesmal noch stärker als das erste Mal. Sie bemerkten zudem an der Stollenwand eine kleine Leiter, die nie vorher an diesem Platz gewesen war. Immer stärker wurde das Klopfen und Rauschen. Plötzlich rief der Hutmann:

„Heilige Barbara, steh uns bei!", und stieg eilends über die schwache Leiter hinauf, die anderen liefen zum Grubenausgang, aber es war zu spät.

Mit schrecklicher Gewalt drangen die Wassermengen aus den Spalten und durch die Stollengänge hervor und erfassten die Fliehenden, noch bevor sie den Ausgang erreicht hatten. Der Hutmann droben glaubte, die Leiter müsse jeden Augenblick unter den heftigen Stößen nachgeben und umfallen. Aber sie blieb stehen, als wäre sie festgemacht, und obwohl die reißenden Wogen mit aller Macht anprallten, wankte sie nicht einmal. Als das Wasser immer höher stieg, kletterte auch der Hutmann höher und es war ihm, als ob auch die Leiter immer höher stiege, und wie er hinaufsah, erblickte er auf der letzten Sprosse ein kleines Männlein mit einem langen weißen Bart. Nach zwei Tagen hatte sich das Wasser verlaufen und jetzt verließ auch der Hutmann die Grube. In der Nähe des Ausganges lagen die Leichen seiner unglücklichen Gefährten.

Viele der Knappen sind bei ihrer schweren Arbeit im Berg ums Leben gekommen und die Seelen der Frevler unter ihnen konnten keine Ruhe finden, sie werden noch bis heute am Eiblschrofen gesehen. Jedem der nach Schwaz Kommenden fallen schon von weitem die kahlen Haldengebiete im Osten von Schwaz auf. Diese Schutthalden sind teilweise aufgelassene Bergwerke, teilweise aber stammen sie von Felsstürzen her. Alljährlich im Frühjahr poltern größere und kleinere Felsstücke, durch die Wirkung des Wassers und Eises losgelöst, vom Eiblschrofen herunter. Bis vor Kurzem wurden noch immer die Irrlichter friedloser Seelen, von Stein zu Stein und die Halden auf und ab springend, gesehen.

Auch das „Haldenweibele" treibt an den Halden der Bergwerke sein Unwesen, wenn es auch niemandem etwas zuleide tut. Es ist eine kleine, bucklige Gestalt in alter Bürgertracht mit einem ausdruckslosen, leeren Lehmgesicht und erschreckt manchen Wanderer. Das Weibele war zu Lebzeiten eine ungerechte Wirtin, die die Knappen in ihrer Knappenstube betrogen hat. Die Maßkrüge, die sie ausschenkte, waren zu ihren Gunsten manipuliert und die Knappen zahlten für ein Maß, das sie gar nicht erhalten hatten. Zur Strafe muss sie nun ewig in ihrem einstigen Häuschen wohnen.

Auch wohnte einmal in Schwaz ein armer, einfältiger Bürger, mit Namen Christoph Tonauer, welchen man insgeheim den „Krummen Stoffel" nannte, weil er an einem Bein lahm war. Er zog im Unterinntal herum und lebte von dem Verkauf von Rosenkränzen und Agnus-Dei-Medaillen auf den Jahrmärkten. Er war ein armer Mann, der sich nur sparsam ernährte, um einen Groschen auf die Seite legen zu können. Nach und nach brachte er so viel zusammen, dass er eine kleine Schnapsbrennerei gründen konnte, wo er Enzianwurzelbranntwein herstellte.

Für die Enzianwurzel musste er natürlich auf den Berg steigen und zu entlegenen Stellen klettern, wo er sich dann auch recht gerne ausruhte von den Strapazen. Da träumte er eines Tages, dass er bald ein reicher Mann sein werde. Im Traum ging es darum, dass er auf goldenem Kies schlief. Als er nun aus seinem Schlaf aufwachte, wunderte er sich über seine Fantasie und was man nur alles so träumen kann. Er stand von seinem Lager auf, da sah er plötzlich etwa 50 Meter vor sich ein kleines Männlein gehen. Das erstaunte ihn sehr, denn er meinte, er wäre allein. Er sammelte sich, atmete ruhig ein und aus und versuchte das Männlein einzuholen. Mit seiner Behinderung war das aber gar nicht so leicht, denn das Männlein ging sehr zügig. Außer Atem sah er in einem Felsen eine Höhle, in welche dieses Männlein hineinging, und so verlor er es aus seinen Augen.

„Soll ich da wirklich reingehen oder besser nicht?", rätselte er, dann fielen ihm aber sein Traum und das Gold ein und er entschied sich, das Wagnis auf sich zu nehmen. Zuvor kniete er sich auf den Boden und betete zu Gott. Dann ging er in die Höhle hinein, fand aber keine Spur mehr von dem Männchen. Doch hörte er im Berginnern ein Klopfen, so als wenn jemand mit einem Berghammer an dem Felsen arbeitete. Er sah sich um und erkannte eine glänzende Ader von gediegenem Silber durch den Felsen laufen. Er nahm einige Gesteinsproben mit, die er zu den Wurzeln in seinen Ranzen steckte. Er markierte die Höhle mit einem abgebrochenen Wacholderstrauch, woran er seinen Rosenkranz hing.

Die Proben brachten ihm die besten Ergebnisse und mit zwei Schwazer Bürgern begann er, dort oben ohne bergamtliche Bewilligung zu schürfen. Es dauerte auch nicht lange und die Regierung in Innsbruck erfuhr davon, die ihn gefangen nahm und in den Innsbrucker Kräuterturm sperrte. Nun wurde das Bergwerk des Krummen

Stoffel amtlich weitergeführt, doch siehe da, die Silberader verlor sich, so dass man keine Spur mehr davon finden konnte. Als aber der Krumme Stoffel wieder freigelassen wurde, fand er seine Silberader gleich wieder. Nun erkannten die hohen Herren in der Stadt ihm das Bergwerk zu, denn es war unmissverständlich, dass diese Erzader nur für ihn gedacht war. In wenigen Jahren hat der Reichtum dieses Mannes so zugenommen, dass er hundert Bergknappen halten konnte und drei Häuser kaufte. Als Christoph Tonauer verstarb, hinterließ er seinem Sohn 500000 Florin (Silbergulden) an barem Geld, und er hatte auch noch viele Stiftungen eingerichtet.

Leider ist der Bergsegen in Schwaz dann wirklich eines Tages erloschen. Man erzählt sich, dass dies durch den Fluch eines Wiedertäufers geschehen ist. Im 16. Jahrhundert wurde vor der Kirche in Schwaz ein Ketzer verbrannt, der kurz vor seinem Tod auf dem Scheiterhaufen noch einen Fluch aussprach:

„Schwinden sollen die Erze in den Bergen und in Flammen aufgehen die Häuser!“

Dieser Fluch ist 1809 während des Tiroler Freiheitskrieges in Erfüllung gegangen.

Eine Schwazer Bäuerin, Marianna Jäger, auch „Lebzelter-Mariandl“ genannt, war ein regelrechtes Mannweib, das den Stutzen wie der beste Schütze zu führen verstand. Ebenso sachverständig rauchte sie Tabak und schoss einen französischen Offizier vom Pferd herunter. Daraufhin ließ der bayrische General Wrede in Schwaz alle 400 Häuser verbrennen und auch der Bergsegen hörte auf.

Die Ritter von Schloss Freundsberg

Die Burg Freundsberg, auf einem kleinen Hügel östlich von Schwaz gelegen, war ursprünglich ein Wehrbau und der Stammsitz der Herren von Freundsberg seit dem 12. Jahrhundert. Die Sage lässt das frühere Schloss 200 Jahre vor Christi Geburt bereits erbaut werden und als Römerkastell die Gegend beherrschen. Heute steht nur noch ein alter Turm und neben ihm eine Kapelle zu den 14 Nothelfern. Dieser Turm ist einer der herrlichsten Aussichtpunkte im ganzen Unterinntal. Von diesem Turm der Freundsberger soll ein unterirdischer Gang zum gegenüberliegenden Schloss Siegmundslust nach Vomp führen, aber die Stiege zu diesem Gang ist längst verfallen. Früher aber, als man ihn noch begehen konnte, da wagten sich einmal zwei Männer in den Gang. Plötzlich stießen sie dort unten auf die Steingestalt eines Ritters. Und diese Gestalt aus Stein schaute sie so ernst und drohend an, dass ihnen vorkam, sie hätten den alten Freundsberger Ritter lebendig vor sich, denn genau so hat er seine Feinde angestarrt. Die zwei wichen scheu wieder in die alten Gemäuer von Burg Freundsberg zurück und waren froh, wieder an das Tageslicht zu kommen.

Hätten die beiden ein wenig mehr Mut und weniger Furcht besessen und wenn sie sich ein wenig umgesehen hätten, dann wäre ihnen eine Steinplatte aufgefallen. Diese hätten sie einfach in die Felskluft zurückschieben müssen, es war nämlich nur eine Art Tür und sie hätten ungehindert weitergehen können, und letztendlich wären sie zu einem großen Schatz gekommen.

Ein frommer Pater vom Stift Fiecht hat einmal gesehen, wie sich in der Mitternachtsstunde in der Burgkapelle eine verschlossene Pforte öffnete, durch die ein Zug schwarz gekleideter Ritter und Edelfrauen paarweise hereinkam. In den Betstühlen knieten sie nieder und dann, auf ein Zeichen eines der Ritter mit einem weißen „Sacktuch“, standen alle wieder auf und verschwanden durch die kleine Tür.

Auf der Burg Freundsberg soll es auch einen Zottelhund und einen Schatzofen geben. Ein Bub, der damals etwa 15 Jahre alt war und später zum Bauern des Schlossgutes wurde, spielte mit anderen Kindern im Schloss Verstecken. Er hatte sich ein ganz besonders schweres Versteck ausgesucht und kroch in ein Ofenloch, um sich im Ofen zu verbergen. Nach einer Weile hörte er ein schreckliches Getöse um sich herum, das Ofentürl, welches er von innen zugemacht hatte, sprang auf und ein hässlicher, zottiger Hund sprang durch das Ofenloch hinaus, ohne dass der Bub den Zottelhund neben sich im Ofen früher bemerkt hätte.

Seitdem wagt niemand mehr länger in diesem Zimmer zu bleiben, aus Angst, der dämonische Zottelhund könnte wieder aus dem Ofen springen. Als Vorsichtsmaßnahme hat man vor das Ofentürl einen schweren Kasten gestellt.

Früher soll sich ein Schatz hinter dem Ofen befunden haben, aber ein großer Teil des Schatzes soll vor vielen Jahren gehoben worden sein. Weil der Zottelhund wohl der Schatzhüter war, wird er deshalb nicht mehr so sehr gefürchtet.

Einer der Freundsberger Ritter machte einst einen Jagdausflug in das Brandenbergertal. Fanfaren und Jagdhörner wurden geblasen und schallten in der Landschaft und die Ritter sprengten mit ihren Pferden durch das Tal. Als sie im hintersten Brandenbergertal waren und schon den Aufstieg auf die Berge hinter sich hatten, da zogen sich über ihnen schwere Gewitterwolken zusammen.

„Wegen ein paar Regentropfen werden wir wohl die Jagd nicht abbrechen“, meinten die einen, die anderen aber sagten, dass da sicher kein gewöhnliches „Wetter“ im Anmarsch sei. Man blieb aber bei der Jagd und war bald mit den Gedanken wieder ganz woanders.

Als das Wetter dann umschlug, da regnete es wie aus Kübeln und die Männer flüchteten sich in die nahen Almhütten. Dort wurden sie von den Hirten mit dem, was sie hatten, mit Milch, Brot und Butter, bewirtet. Das Wetter wurde immer ärger und es schwollen bereits die Bergbäche an. Nun war dem Freundsberger Ritter und Schlossherrn von Matzen gar nicht mehr wohl. Je mehr es regnete, desto unruhiger wurde er und kurz bevor die Bäche vorm Übertreten waren, entschloss er sich ins Tal zu gehen und dann mit dem Pferd nach Hause zu reiten.

„Nein, geh nicht, bleib doch da, ist eh gleich vorbei“, so wollten ihn die Jagdkameraden zurückhalten, aber er ließ sich nicht aufhalten. Er eilte in das Unwetter hinaus, begann beim Abstieg fast zu laufen und ritt nach Hause. Wenige Stunden später, als der Freundsberger Ritter sich schon lange am Kaminfeuer gewärmt hatte, kam ein Erdrutsch den Berg herunter und verschüttete sämtliche Almhütten, in denen sich die Jäger zum Schutz vor dem Unwetter aufhielten. Alle von ihnen waren verschüttet und konnten nicht mehr lebend geborgen werden.

Als der Freundsberger Ritter von diesem Unglück hörte, bekam er eine Gänsehaut, kniete sich auf den harten Steinboden und begann Gott in lauten Worten für seine wunderbare Rettung zu danken. Den Angehörigen der Verschütteten ließ er alle Hilfe zukommen, die man sich nur vorstellen kann, und an der Stelle des Unglückes ließ er ein Feldkreuz aufstellen. Darauf ließ er die Worte schreiben:

„Besser in Sturm und Wind, als ihn meiden.“

Von der Wilden Innschifffahrt

Lange vor dem Bau der Eisenbahn verkehrten zur Warenbeförderung auf dem Inn viele Schiffe und Flöße. Sehr viele der Schiffsmänner hatten „die Leber auf der Sonnseite“ und tranken gerne einen über den Durst. Nicht selten gerieten sie dann in Zank und Streit, der auch in blutige Schlägereien, ja sogar in Mord, ausartete.

Im Jahr 1705 hatten bei einer solchen Rauferei mehrere betrunkene Bootsleute unterhalb von Hall ihren Kameraden Melchior Bichler aus Bayern halb totgeschlagen und in den Inn geworfen. Als er sogleich aus den Fluten wieder auftauchte, klammerte er sich mit letzter Kraft am Schiffsrand an und bat mit röchelnder Stimme, ihn doch zu retten. Die rohen Gesellen aber schlugen ihm mit einem Ruder auf die Hände und stießen ihn erbarmungslos ins Wasser zurück. Noch einmal tauchte der Ertrinkende auf und verfluchte seine treulosen Freunde.

„Von dem Tag an, wo man mich auf dem Friedhof begräbt, sollt auch ihr 100 Jahre lang keine Ruhe finden!“

Bichlers Leiche wurde bei Radfeld ans Land geschwemmt und am 14. November 1705 auf dem dortigen Friedhof beerdigt. Es wird erzählt, dass sein Fluch in Erfüllung ging. Von diesem Tag an soll in jeder Nacht vor dem 14. November die Wilde Innschifffahrt während der Geisterstunde aufgetaucht sein. Das Getrampel der Pferde auf dem Pflaster des Schiffsrittes, auf dem die Pferde die Schiffe flussaufwärts zogen, soll man bis ins Dorf hinein gehört haben. Die verwunschenen Mörder sollen dazu wild geschrien und ihre Peitschen knallen lassen haben. Genau nach 100 Jahren, im Jahr 1805, soll der Spuk zum letzten Mal gehört worden sein.

Auch in anderen Gegenden Tirols, besonders aber im Unterinntal, wird viel von der Wilden Innschifffahrt und ihren „Wüd'n Innschiffleut" erzählt. Man kann sie mit der „Wilden Jagd" vergleichen, nur mit dem Unterschied, dass die einen zu Wasser kommen, die anderen ein wildes Totenheer in der Luft sind. Die Wilden Innschiffleute waren alle Männer. Diese hatten ein wildes, verwegenes Gesicht mit Hakennase und zornige Augen blickten unter einer Zipfelmütze hervor. Ihre Kleider waren einfache, warme Tierfelle. Auf fliegenden Schiffen fuhren sie durch Tirol. Wenn sie Halt machten, fing das Wasser an, Wellen zu schlagen. Besonders in den Raunächten trieb die „Wilde Innschifffahrt" ihr Unwesen. In manchen Gegenden fuhr sie in der Heiligen Nacht nicht, denn diese soll dem Inngeist gehören. Dann erschien sie wieder am Vorabend des Dreikönigsfestes und zu Maria Lichtmess, am 2. Februar.

Man erzählt sich, dass derjenige, der von der Wilden Innschifffahrt geholt wurde, großen Schmerz aushalten musste. Die Wilden Schiffleute waren raue und grobe Gesellen und kannten weder Mitleid noch Barmherzigkeit. Und wer von den Bauern und Dienstboten im vergangenen Jahr Lohnstreitigkeiten hatte, dem erschienen die Wilden Innschiffleute und wehe dem, der mit ihnen weiß Gott wohin mitfahren musste – dem blühte Übles.

Eine Bäuerin aus dem Unterinntal wollte gerne einmal die Wilde Innschifffahrt sehen. Sie ging dazu am Dreikönigstag zum Inn und legte sich auf die Lauer. Es dauerte lange Zeit, die Sterne standen schon längst am Himmel, als sie das Wasser peitschen hörte. Vor lauter Neugier trat sie näher an den Inn. Wie sie die grausigen Männer sah, wollte sie schnell davonlaufen. Aber da war es schon zu spät, einer der Männer hatte sie schon in den Händen und zerrte sie mit.

Auch ein Zimmermeister, der schon viele Häuser gebaut und für manche Kirche eine Arbeit verrichtet hatte, hörte von der Wilden Innschifffahrt.

„Dö mecht i sechn“, sagte er und wartete auf den Dreikönigsabend.

Es war einige Tage vor dem Weihnachtsfest, als der Zimmermeister auf dem Heimweg durch einen Wald ging. Da hörte er eine Stimme rufen:

„Zimmermann, frag nicht nach der Wilden Innschifffahrt, es sind lauter grausige Leut’ dabei! Hundert Jahr’ und noch mehr kannst du büßen für deine Neugier!“

„Ach was, die Wilde Innschifffahrt will ich sehen“, dachte sich der Zimmermann und schlug die Worte, die er im Walde gehört hatte, in den Wind.

Endlich kam er, der hart erwartete Dreikönigsabend. Schon bei Tagesanbruch ging er an den Inn. Viele Stunden musste er warten, bis die Wilde Innschifffahrt kam. Kurz vor Mitternacht erschienen dann endlich die Wilden Innschiffleut’. Auf einem großen Boot, wie man solches zum Salzliefern hatte, saßen viele wilde, bärtige Männer. Einige schlugen die Ruder. Die anderen saßen auf den Bänken neben dem Feuer. Wie die Wilden Innschiffer den Zimmermann sahen, sprangen zwei vom Boot. Der Zimmermeister setzte sich zur Wehr, doch es half ihm wenig, denn die Wilden Innschiffleut’ waren stärker als er.

Ein ganzes Jahr war er verschollen. Niemand wusste, wo er war. Erst als er im nächsten Jahr von den Wilden Innschiffleuten an jene Stelle geführt wurde, von der sie ihn geholt hatten, kam er zu sich selbst. Über die Zeit, die er bei der Wilden Innschifffahrt verbracht hatte, wusste er wenig zu erzählen. Nur an einige Kleinigkeiten konnte er sich erinnern.

Der Untergang der Stadt Haidach

Vor langer Zeit soll in der Nähe des heutigen Dorfes Wörgl im Unterinntal eine Stadt mit Namen Haidach gestanden sein. Diese erstreckte sich vom Schmelzwerk Haidach oder Kastengstatt bis zu dem Gasthaus am Möstelbühel. Die sich weit ausdehnende Stadt stieß auf der Nordseite an den Inn, im Süden an die bewaldeten hohen Berge, hinter denen das schöne Tal Wildschönau liegt. Früher soll dort, wo heute die Dörfer Niederau, Oberau und Auffach stehen, ein düsterer See gewesen sein, der ungefähr vier Gehstunden lang war und die ganze Breite der Wildschönau einnahm. In diesem See lebte ein riesiger, grauenhafter Drache.

Wie überall in den Städten, wurde auch in Haidach gesündigt und gefrevelt und das wurde auch noch dadurch verstärkt, dass hier eine Abteilung römischer Soldaten stationiert war. Je ärger es in der Stadt zuging und je mehr sie langsam zu einer gewaltigen Lasterhöhle mutierte, desto wilder und aggressiver wurde auch der Drache im See. Er ging nun an sein Werk die Erde zu durchlöchern, bis er endlich den ganzen Berg durchgegraben hatte.

An jenem Tag, an dem dem Drachen der große Durchbruch gelang, stand die Sonne hoch am Himmel, und mit einem unglaublichen Getöse brachen die Wassermassen des Sees durch das große Loch, das der Drache gegraben hatte. Das Wasser suchte sich seinen Weg mit einer gewaltigen Kraft ins Inntal herab und wälzte sich als große Welle schonungslos auf Haidach zu.

Die Ausbruchsspalte wurde immer weiter, und wie ein Strom floss das Wasser hindurch, bis der See abgelaufen war. In 12 Stunden war die Stadt Haidach vernichtet, mit deren Erbauung einst viele tausend Hände beschäftigt gewesen waren. Auch der Drache wurde mit herausgespült und blieb vor Kundl tot liegen. Sein lebloser Kadaver verbreitete später einen grauenhaften Gestank, als er zu verwesen anfing. Von der Stadt Haidach blieben kein Haus, kein Palast und kein Tempel mehr übrig, auch kein Mensch wurde gerettet.

Der verpestende Gestank der vielen hundert Leichen, die sich in den Felsspalten verfangen hatten, und des verwesenden Drachens kostete aber den wenigen noch von der Flut übrig gebliebenen Menschen das Leben.

Nach einer andern Version soll die Stadt Haidach im Erdboden versunken sein und man kann bei klarem Wasser gelegentlich eine Turmspitze sehen.

Zwerge und Norggen in der Wildschönau

Als zu Unterhausberg in Niederau, gleich am Anfang der Wildschönau, ein neues Haus gebaut wurde, da wussten die Bauleute nicht, wie sie den unglaublich schweren Grundstein in den Boden setzen könnten. Der Stein war einfach zu groß und er ließ sich einfach nicht von der Stelle bewegen. In dieser Situation kam gerade ein Zwerg daher und fragte:

„Was steht ihr da und guckt, ihr habt doch Arbeit genug?"

Da erklärten sie ihm ihr Problem, doch der Zwerg winkte ab:

„Wartet einen Moment, ich werde das Problem lösen!"

Er schaute sich um und kam nach kurzem Suchen mit einem Stecken zurück. Nun setzte er den handlichen Stecken am schweren Grundstein an, der ihn selber in Größe um ein Vielfaches übertraf, und wälzte mit Leichtigkeit den schweren Stein in das Grundloch, dass er festsaß und das Haus darauf gebaut werden konnte.

Die gesamte Familie mit ihren Helfern jubelte auf und die Bäuerin schenkte ihm einen großen Hefekrapfen. Dazu wurde er noch eingeladen, nur öfter ins Haus kommen, sie würden sich immer erkenntlich zeigen. Und das Zwerglein kam auch jedes Jahr an diesem Tag vorbei und holte sich seinen Krapfen.

Als aber später einmal das Haus niederbrannte, ließ er sich nicht mehr sehen. Nach Berichten anderer soll er ausgeblieben sein, weil ihm die Bäuerin eine schlechte Gabe gereicht habe.

Auf Niederachen, einem Bauernhof in Oberau, im zweiten Kirchdorf des Hochtales, kam einst ein Nörgelein und bot seinen Dienst als Ziegenhirt an. Er wolle die Geißen fein hüten, wie's der Brauch ist, sagte er, aber sie müssten ihn auch ordentlich verköstigen, er verlange nicht mehr und nicht weniger als ein gut gestrichenes Butterbrot täglich. Der Bauer war zufrieden und gab dem Kerlchen täglich ein großes Stück Hausbrot, über und über mit Butter bestrichen. Das behagte dem Knirps, und er hütete die Geißen mit solchem Fleiß, dass sie ums Doppelte mehr Milch gaben als vorher.

Zuletzt wurde es Herbst, und das war die Zeit, in der die Ziegen wieder in den Stall kamen. Der Bauer gedachte dem Männlein für seinen willigen Dienst eine Freude zu machen und ließ beim Schneider, der gerade bei ihm auf der Stör war, für seinen kleinen Hirten ein schönes rotes Röcklein anfertigen. Der Schneider verstand sein Handwerk, fertigte die kleine rote Jacke an und zog dann weiter zum nächsten Hof, um nach Arbeit und Unterkunft zu fragen. Das fertige Röcklein legte der Bauer gleich am Abend, wie der Norgg die Ziegen heimbrachte, zum Butterbrot. Dieser sah das nette Jäckchen, zog es an und hüpfte voll kindischer Freude in der Stube umher. Danach verließ er das Haus und kam nicht wieder. Seit der Zeit soll der Niederachner jedoch kein Glück mehr mit seinen Geißen haben.

Auch auf den Almen leisten die Wichtlein den Menschen unter Umständen sehr gute Dienste. Sie säubern, wenn man sie freundlich behandelt, das Geschirr, hüten das Vieh und bewahren es vor der Seuche, indem sie ihm Heilkräuter unter das Futter mengen. Und den Pferden und Rindern sperren sie in der Nacht das Maul zu, dass keine Maus hineinschlüpfen kann, welche den Tieren den Magen zernagen würde.

Es gab auf den Almen aber auch boshafte und feindliche Wichtlein, doch nur auf solchen Almen, die von einer Sennerin bewirtschaftet waren. Bei den Sennern jedoch fanden sich nur Zwerglein von ausgesuchter Liebenswürdigkeit zur stets bereitwilligen Dienstleistung ein. Was eine weibliche Hand berührte, konnten sie nicht leiden, sie schütteten den Sennerinnen die Milch um, machten ihnen das Vieh scheu, kurz, sie spielten denselben alle erdenklichen Possen. Mit ausgefeilter Tücke störten sie die Sennerinnen in ihrer Arbeit, ja nicht selten zertrümmerten sie sogar das Werkzeug der Sennerinnen. Daher soll es kommen, dass in dieser Gegend nicht Sennerinnen, wie dies anderwärts häufig der Fall ist, sondern nur Senner auf die Almen fahren.

Und so war es auch auf der Holzalm, hier hauste ein besonders hinterlistiger Unhold, der seine Freude daran hatte, sobald die Nacht einbrach, Menschen und Vieh zu necken. Besonders der Bäuerin setzte er zu und streute ihr Erbsen unters Mehl und mischte Mehl in den Honig und Bohnen in die Gerste.

Wenn es dunkel wurde, legte er sich quer über der Türschwelle auf den Boden, so dass die Hausleute, wenn sie in die Stube traten, stolperten und er mit schadenfrohem Kichern schnell davonlief. Und wenn man dann nach einer Lampe suchte, dann hörte man ihn laut in einem Winkel oder er machte sich gleich unsichtbar.

Ein Bauernmädchen hatte sich an einem herrlichen Sommertag auf dem Weg zur Kirche besonders schön gemacht – hinter seinem Ohr trug es eine Rose. Da trat ihm hinter einer Wegbiegung ein Zwerg in den Weg und bat das Mädchen um die Rose.

„Werde ich dir meine Rose schenken, du unverschämter Zwerg", antwortete das Mädchen und ehe es sich versah, begann es der Zwerg zu kneifen und sich an ihm hochzuziehen.

„Ich werde sie mir schon holen", sprach er mit seiner hohen Stimme und kratzte dem Mädchen nun die Unterarme blutig. Und – patsch – da haute es ihm eine auf die Hand. Da geriet der Zwerg noch mehr in Zorn und biss dem Mädchen in den Finger, dass das Blut nur so heruntertropfte.

Den Zwerg sah die Dirn nie wieder, aber die Wunde wollte lange nicht verheilen. Zuletzt bildete sich ein Knoten an ihrem Finger und war nicht wegzubringen. Das Mädchen heiratete später und bekam Kinder und Enkel, und alle hatten sie an der gleichen Stelle den Knoten.

Die übergossene Alm

Wenn man von Kufstein aus nach dreieinhalb Stunden Gehzeit den tiefgrünen, klaren Bergsee der Seespitze erreicht hat, dann bietet sich einem ein unvergleichliches Panorama. Im Hintergrund in weiter Ferne die Leoganger Steinberge, vor ihnen der massige Kaiser mit seiner Schneemulde und der Steilabsturz des Sonnecks, dazwischen der Kleinkaiser mit dem Schneekar und dahinter die Ellmauer Halt. Ganz links die himmelhohe Mauer des Scheffauers, auf dessen Spitze noch heute die übermütigen Bauern hinaufgebannt sind und in einem kleinen Felskessel Kegel schieben müssen. Doch was ist passiert?

Früher stand hier einmal eine der größten und schönsten Almen, welche vor Zeiten sehr berühmt war wegen ihrer Ergiebigkeit an Futterkräutern und dem Reichtum, den sie durch den Ertrag an Butter und Käse ihren Besitzern lieferte.

Alles war eine herrliche grüne Matte, auf welche die Sonne den ganzen Tag schien, und nur durch Menschenfrevel ist dies anders geworden. Eines Abends, als die Senner ihre tägliche Arbeit getan hatten und nicht wussten, wie sie den Feierabend verbringen sollten, sprach einer von ihnen:

„Ich wüsste da ein Spiel, das noch nie gespielt worden ist. Ein Kegelspiel nach der neuesten Mode. Mit Butterkugeln wollen wir zielen und sehen, wer am meisten Kegel umwerfen kann."

Sofort brachte jeder der Sennen Butterkugeln aus ihren Hütten heraus und das Spiel begann, in einer sternenklaren Vollmondnacht. Als sie da so spielten und ihre ausgelassenen Witze trieben, da begann der Boden unter ihnen zu schwanken, links und rechts krachten die Felsen, es donnerte gewaltig in der Luft, und samt Haus und Maus versanken sie im Erdboden. Heute liegt darüber der stille Bergsee.

Auch die Harlasanger Alpe war vor undenklichen Zeiten ein wahres Alpenparadies. Marbel und Madaun und andere köstlichen Alpenkräuter wuchsen dort auf üppigsten Wiesen. Im gleichen Maße wuchs aber auch der Übermut der Melker und Senner bedenklich in die Höhe. Aus den Käserädern bauten sie die Treppen zum Unterstand des Viehes. Und die Butterkugeln brauchten sie zum Kegelschieben. Vergebens warnte sie ein alter Senner. Dieser hörte eines Tages ein Vöglein unbekannter Gattung und Art wiederholt singen:

„Alter Mann, geh von dann',
alter Mann, geh von dann'!"

Er folgte dieser Warnung, und kaum war er aus dem Bereich der Unglücksalpe, da versank sie mitsamt allen frevelnden Menschen. Nur ödes Felsgeröll bedeckt seither den Platz und gewährt dem kümmerlichen Gras nur wenig Raum. Noch heute sind die Spuren, wo die Sennen im Erdboden versunken sind, deutlich zu erkennen. Seitdem heißt diese Alpe Wildenfeld.

Berglsteinersee

Der Berglsteinersee, zwischen Kramsach und Breitenbach am Inn, liegt in einer kleinen, idyllischen Mulde direkt bei der Mooswand. Nicht weit davon entfernt lag einst der herrliche Schloss Guckenbühl, etwas erhöht auf felsigem Untergrund im Weiler Haus. Auf diesem Schloss lebte einst ein stolzer Schlossherr mit seiner Tochter und den Bediensteten. Die schöne Tochter war für ihren Vater das Liebste in seinem Leben und er wollte nur das Beste für sie. Wohlbehütet wuchs sie auf und unternahm täglich lange Ausflüge in den Wald. Mit der Zeit lernte sie dabei auch einen jungen Jäger kennen, er kam aus sehr einfachen Verhältnissen, und obwohl die beiden aus so unterschiedlichen Elternhäusern stammten, verstanden sie sich ausgesprochen gut. Sie begannen, sich täglich im Wald zu treffen und streiften dann gemeinsam zu den entlegensten Orten, wo sich die schöne Tochter alleine nie hingetraut hätte. Die beiden wurden sich immer vertrauter, und wenn sie sich mal nicht sehen konnten, so war es für beide eine Tortur. Beide konnten sich ein Leben ohne den anderen nicht mehr vorstellen, und deshalb ging der junge Jäger zu dem Vater im Schloss und hielt um die Hand seiner Tochter an.

Doch was nun geschah, war nicht voraussehbar gewesen. Der Vater dachte, der Jäger wollte etwas Berufliches mit ihm besprechen, ihm wurde ganz schwindlig, als er das wirkliche Anliegen gehört hatte.

„Meine Tochter wird noch lange nicht heiraten, das lass dir gesagt sein“, brüllte er los „und wenn die Zeit dafür gekommen ist, dann wird sie sicherlich kein armer Schlucker, wie du es bist, zur Frau bekommen. Was denkst du dir eigentlich, wen du hier vor dir hast?“, der erboste Vater und Schlossherr schnappte nach Luft, sein hochroter Kopf schien fast zu platzen.

„Ich kann dir nur einen Rat geben – Jäger lauf – und lass dich hier nicht noch einmal sehen! Wir wollen sehen, wie schnell du laufen kannst – Jäger lauf!“

Nun nahm er selber ein Gewehr in die Hand, um seinen Worten Nachdruck zu verleihen, und der junge Jäger war schon bei der großen Tür draußen. Dann aber ließ der erzürnte Vater seine Schweißhunde von der Kette und hetzte sie auf den bereits laufenden Jäger. Schon hatten ihn die Hunde fast erreicht, er konnte ihren heißen Atem in manchen Momenten schon im Genick spüren, doch immer gelang es ihm noch, einen flinken Haken zu schlagen. Dann aber sah er keine andere Möglichkeit mehr, als in den Berglsteinersee zu springen, um die Hunde hinter sich abzuhängen. Bei seinem Sprung in den eher flachen See, hat er sich aber sehr unglücklich den Kopf an einem Stein angehauen, sodass er wenig später ertrunken im See gefunden wurde.

Für das schöne Ritterfräulein gab es ab diesem Tag keinen einzigen glücklichen Moment mehr in seinem Leben. Als es wieder einmal in den Wald spazierte und an den Berglsteinersee kam, da schaute es lange auf die wunderschöne Wasseroberfläche mit den zahlreichen Spiegelungen. Plötzlich entdeckte es das Gesicht des Liebsten im Wasser, sodass es zu ihm ins Wasser ging.

Manche sagen, die zwei Liebenden hätten sich sodann in zwei Felsbrocken verwandelt, die noch heute miteinander vereint im See zu sehen sind.

Die Höhlenjungfrau

An der bayrischen Grenze im Norden Tirols bei Kössen liegt im Bereich des Großachentales die Wallfahrtskapelle Klobenstein, zu welcher man durch die schauerliche Entenlochklamm wandern kann. Oben zieht sich über eine Brücke ein schmaler Weg zur Höhe, und unten in der Tiefe hat sich die brausende und tobende Ache ihr Bett gewühlt.

Diese Tiefe heißt das Entenloch, dort in der Nähe geht eine Höhlenkluft in den Felsen hinein, in welcher eine Schatzhüterin wohnt, deren Schatz in einer Kiste verschlossen ruht, auf der ein feuriger Hund liegt. Diesen Hund konnte nach einem alten Bannspruch ein unschuldiger Mensch herunterjagen, ohne dass ihm ein Leid geschehe, und dann aus der Kiste so viel Gold nehmen, als er nur immer davonzutragen vermochte. Nun waren einmal dort in der Gegend zwei Brüder, von denen der eine ein Schwachkopf war, der andere aber wohl bei Verstand, nur dass er sich dem Alkohol ergeben hatte. Dieser hörte von der Jungfrau, dem Hund und dem Schatz und plante, seinen einfältigen Bruder vorauszuschicken und so zu versuchen, in die Höhle einzudringen und Gold herauszuholen. Er dachte:

„Bringt der Trottel Gold, so ist's gut, so nehm' ich's, und kommt er drinnen um, so ist's kein Schaden."

Der Dumme bewaffnete sich mit einem großen Prügel und tappte in die Felsenhöhle hinein. Da lag der feurige Hund und grollte ihn an. Er war aber nicht faul, sondern schlug auf den Hund los und schnell sprang dieser vom Kasten, den nun die Jungfrau aufschloss, worauf er sich mit schwerem Gold eindeckte. Neben der Kiste stand das Bett der Jungfrau, das war weich und weiß wie Schnee. Da sagte der Blöde gar nicht blöde:

„Dirndl, du hoscht a scheans Bött“, und steckte die Hand hinein, zog sie aber alsbald mit einem jämmerlichen Schmerzensschrei ganz verbrannt wieder heraus, denn die in der Höhle zum Schatzhüten verwunschene Jungfrau litt die „heiße Pein“. Nun wollte der Einfältige hinausrennen, denn ein gebranntes Kind scheut das Feuer, doch da zeigte die Jungfrau in einen entgegengesetzten Höhlengang und sagte:

„Dort gehe hinaus, denn draußen am Entenloch wartet schon dein Bruder, will dich totschlagen, dir das Geld nehmen und dich in den Tobel werfen.“

So war es in der Tat. Der schlechte Bruder wartete bereits, und als ihm der Trottel zu lange ausblieb, betrat er keck die Höhle. In diesem Augenblick entstand ein Donner, erscholl ein Todesschrei und prasselten die Felsen krachend auf den nieder, der so Frevelhaftes im Schilde führte. Sein Bruder hörte noch mit Schrecken seine erstickten Schreie und tappte sich lange, lange im dunklen Gang vorwärts und kam erst in den entgegengesetzten, einsamen und öden Engen an einer überhängenden Felswand wieder ans Tageslicht.

Die Eroberung von Kufstein

Sie ist das Wahrzeichen der Stadt Kufstein: die Festung Kufstein. Auf einem 90 Meter hohen Felsen oberhalb der Stadt auf dem Festungsberg gelegen, bietet die Festung von der Autobahn oder vom Zug aus einen markanten

Eindruck. Doch ihre heutige Form hat die Festung erst durch Kaiser Maximilian I. erhalten, der die vorherige Burg bei der Belagerung zerstörte.

Kaiser Maximilian kam Ende September 1504 mit einer großen Armee nach Kufstein, um den dortigen bayrischen Kommandanten Hans von Pienzenau zu vertreiben. Dieser war ein ansehnlich schöner 36-jähriger Mann und trug, wie es damals üblich war, einen langen Bart, weil seine Ehefrau kurz zuvor verstorben war. Er hatte eigentlich Maximilian den Eid geschworen, wechselte aber gegen 30.000 Gulden die Seiten. Kaiser Maximilian forderte Pienzenau auf, die Stadt und die Festung zu übergeben. Die Bürger Kufsteins wollten schon das Stadttor öffnen, aber Pienzenau bedrohte sie heftig das zu tun. So musste Maximilian zurückweichen und versuchte, wenigstens mit seinen Worten etwas auszurichten:

„Uns erbarmt der Ritter, der damit nichts anderes erreicht, als sein Leben kräftig zu verkürzen."

Nun mussten die kaiserlichen Kanonen sprechen, aber deren Wirkung auf die Festungsmauern war gering. Zum Spotte Maximilians gab Pienzenauer nun seinen Soldaten den Befehl, sich jeder einen Besen zu schnappen, um damit verächtlich den Staub der Kanoneneinschläge von den Mauern zu kehren. In dieser Situation musste der Kaiser seinen Zorn unterdrücken und beschwichtigte seine Soldaten mit den Worten:

„Sehet ein neues Reiterstück! Dieser Krieger will die Wunden der Mauern mit dem Besen heilen. Wir fürchten aber, dass aus diesem Besen ein Beil werde, welches ihm den Schädel abhackt."

Daher gab es nun drei Tage lang eine Art Waffenstillstand vor der Stadt, doch Maximilian ging zornig durch sein Lager und schwor, jedem, der sich um Gnade für die Belagerten aussprechen würde, persönlich eine Ohrfeige zu geben. Unterdessen wurden aus dem Innsbrucker Zeughaus auf zwei Flößen die beiden größten Kanonen dieser Zeit herangebracht: „Purlepaus" und „Weckauf". Diese beiden Kanonen verfehlten ihre Wirkung nicht, deren Kugeln durchbrachen nicht nur mühelos die Festungsmauer, sondern zerstörten alle Anlagen der Burg.

In der aufkommenden Verzweiflung sandte Pienzenau zwei junge Männer mit weißer Kleidung und Fahne zum Kaiser, um im Tausch gegen die Burg um freien Abzug zu bitten. Maximilian schickte sie mit den Worten zurück:

„Euer Hauptmann kann nun seinen Besen wegwerfen, mit dem er uns verspottet hat. Wir verhandeln nicht, er kann seine Trümmer selbst behalten."

Nun machte sich auf der Burg Verzweiflung breit. Jeder versuchte, über die von den beiden Kanonen zerklüfteten Wände einen Fluchtweg zu finden, doch alle wurden von den kaiserlichen Truppen festgenommen und mit gefesselten Händen vor den zornigen Kaiser geführt. Drei Henker standen bereit, um den Pienzenauer mit seinen Männern zu richten. Pienzenauer kam als Erster dran, dann kam jeder seiner Mitstreiter an die Reihe. Die Verzweifelten wehrten sich mit aller Kraft, doch der Kaiser kannte keine Gnade. Der diesem schrecklichen Schauspiel beiwohnende Herzog Erich von Braunschweig nahm sich das Herz und sprach nun ernst im Namen aller anwesenden Fürsten, Grafen und Herrn beim Kaiser vor, dieses grausame und blutige Schauspiel zu beenden. Maximilian gewährte diese Bitte, und so konnten über zwanzig weitere Todeskandidaten vor dem Tod gerettet werden. Maximilian war ein Mann, der immer zu seinem Wort stand, und so auch in diesem Fall. Nun gab er nämlich einem jeden, der um Gnade für die Burgbesetzer gebeten hatte, eine Ohrfeige. Diese fiel aber sicherlich nicht bei jedem gleich stark aus, seinem Freund Herzog Erich gab er in der Tat nur einen leichten Backenstreich. An diesem Platz, wo die Untreuen enthauptet wurden und bis heute begraben liegen, steht ein Bildstock, der an das frühere Geschehen im Ortsteil Zell erinnert.

Wer nicht betet, den schreibt der Teufel auf

In einer alten Redensweise in Tirol heißt es: „Wer nix bet't, den schreibt der Toifl au!" Und damit meint man natürlich jene, die in der Kirche nicht beten, ja, vielleicht sogar schwätzen oder nur begierig schauen, wer von den Kirchgängern ein neues Kleidungsstück anhat.

„Der Schwarze", wie man den Teufel auch nennt, darf natürlich nicht in den Kirchenbänken Platz nehmen, er kauert meistens in einem Winkel oder sitzt auf einem Pfeiler oder in einem Fenster. Vor mehreren hundert Jahren, als das Pfarrdorf Reith oberhalb von Brixlegg im Alpbachtal noch Road oder Ruite hieß, soll dort Folgendes passiert sein:

In der Reither Pfarrkirche wurde der Sonntagsgottesdienst gefeiert, der sehr gut besucht war, da kam auf einmal der Teufel daher, mit einer großen Ochsenhaut in der Hand. Er suchte sich ein ruhiges Platzl, von dem aus er eine gute Übersicht hatte, und setzte sich auf das offene Fenster hinauf. Er schaute eine kurze Zeit zu, dann begann er auf der Ochsenhaut zu schreiben. Er schrieb dort jene auf, die nicht dem Verlauf der Messe folgten oder beteten. Und weil der Gottesdienst länger als lange dauerte, so schrieb er so viele Leute auf die Haut, dass sie nicht ausreichte, um alle Namen dort aufzuschreiben. Nun schnitt er am unteren Ende ein kleines Loch in die Haut, steckte den Fuß hinein und begann am oberen Ende mit aller Kraft zu ziehen, um die Haut zu verlängern.

Aber mit dem gewaltigen Strecken riss irgendwann die Haut – gratsch – entzwei, und der Teufel, der ja darauf nicht gefasst war, fiel rückwärts vom Fenster herab. Mit einem jämmerlichen Zetergeschrei, so dass selbst die Schwätzer und Schlafenden gebannt in die Apsis blickten, raffte er sich wieder auf und lief davon. Der Teufel schämte sich für seine Ungeschicklichkeit und für dieses Mal ging es gut aus. Denn normalerweise bleibt es ja nicht beim Aufschreiben, es folgt auch immer eine Strafe, und darum gilt: „Wer nix bet't, den schreibt der Toifl au!"

So ist es zwei Kartenspielern in Hall in Tirol einmal anders ergangen. Um nur ja keine Zeit für ihr geliebtes Kartenspiel zu verlieren, setzten sie sich auf die linke Schneckenstiege zur Emporkirche.

Nun spielten sie wieder, und das Glück war heute offenbar nur auf der Seite des einen und auf der andern Seite immer nur der Verlust. Der Einsatz wurde stets verdoppelt und der Verlust größer und endlich so groß, dass der Verlierer mit bebender Hand und stierem Auge sein letztes Geldstück, Uhr, Kette und alles, was er hatte, als Einsatz gab, und auch dieser ging verloren!

Vor Wut fing dieser an zu toben und zu rasen, er schimpfte und fluchte, so dass die gesamte Kirchengemeinde ihn hören konnte. Da kam mit einem Mal dicker Schwefeldampf von unten zu ihnen herauf und der Teufel selbst, halb Bock, halb Mensch, erschien. Der drehte dem Lästerer den Hals um und fuhr mit ihm, während ein fürchterlicher Sturmwindstoß durch die Kirche raste, durch den kleinen Lichtschlitz in der Kirchenmauer. Der andere der zwei Spieler fiel vor Schreck und Grausen in Ohnmacht und bereute später seine Tat. Das Gewonnene wollte er nicht behalten und warf alles in den Opferstock, die Blutspur von dem hinausgewürgten Kartenspieler in der Haller Pfarrkirche ist aber bis heute nicht wegzubringen und immer noch zu sehen.

Irrwurzen im Brixental

In zwei Wäldern im Brixental kommen Irrwurzen vor, es sind dies der Bruggberg-Wald und der Auner-Wald. Es sind solche Wurzeln, die einen in die Irre gehen lassen, wenn man auf sie tritt. Vor allem am Bruggberg mit seinen sumpfigen Wiesen soll es viele Irrwurzen geben, die Schuld daran sind, dass sehr viele Menschen nach langem Herumirren nur nach Hause fanden, um bald darauf zu sterben.

Vor vielen Jahren ging ein Wildschönauer nach Söll zu einem Bekannten. Er nahm den Weg über den Bruggberg, der ihn schneller an das Ziel führte. Als er dann in Oberfoisching nach dem Weg fragte, da dämmerte es bereits und die Bäuerin, die ihm den Weg genau erklärte, bot ihm an, besser über Nacht am Hof zu bleiben.

„Wenn du auf eine Irrwurz trittst, so kommst du sieben Tage nicht mehr aus dem Wald heraus, ich habe dich gewarnt", mahnte sie ihn eindringlich, aber der Wildschönauer schlug die Warnung der Bäuerin in den Wind und ging seinen Weg weiter. Schon wurde es dunkel, doch der Mond schien strahlend hell, und wirklich gut konnte der Mann den Weg erkennen. Dennoch kam er nicht mehr aus dem Wald heraus, nach stundenlangem Umherirren kam er endlich zu einer moosigen Wiese. Hier legte er sich am Rand unter einen Baum und wartete, dass es wieder Tag werde. Aber es wurde nicht mehr Tag. Oft wachte der Wildschönauer auf und immer noch schien der Mond am dunklen Nachthimmel. Die dunklen Umrisse der Bäume und Sträucher, die ihn an Scherenschnitte erinnerten, waren eindringlich schön.

Wie gebannt saß er dort und schaute sich die nächtliche Schönheit der Natur an, alles war still und ruhig und wirkte auf ihn so friedlich.

„Steh auf und geh, die Irrwurz führt dich“, hörte er zweimal eine blecherne Stimme sagen, ohne dass er wusste, woher diese Worte kamen.

Nun stand er auf und ging, wohin ihn die Füße trugen. Nach einer langen Strecke kam er zu einer alten Lärche. Um diese Lärche tanzten drei Berggeistlein.

„Was tanzt ös da?“, fragt der mutig Gewordene.

„Den Irrwurzentanz mit Waxlaubkranz“, antworteten die Berggeistlein, welche gewundene Kränze aus den Blättern der Stechpalme trugen.

„Tanz mit! Tanz mit!“, luden sie den Wildschönauer ein.

„Meine Füaß sand zu alt“, erwiderte der Wildschönauer.

„Niemand is z'jung, niemand is z'alt, Mitternacht kimt bald“, gaben ihm die Berggeistlein zur Antwort. Der Bauer tanzte aber nicht mit. Er wartete bis Mitternacht, und als dann der ganze Spuk verschwand, legte er sich zu dieser Lärche hin und schlief bald ein. Als er am nächsten Morgen wach wurde, trat er seinen Weg an und kam gegen Mittag aus dem dunklen Gehölz des Waldes hinaus.

Niemals wieder ging er diesen Weg, zu einschneidend waren die Erlebnisse dieser Nacht. Viele sagen, dass er, wenn er mitgetanzt hätte, sicherlich in das geheimnisvolle Innere des Berges mitgenommen worden wäre, wo er wohl für immer hätte bleiben müssen.

Bei einem Tanzabend im Lengerer Stall, nahe beim Bruggberg, wo sich besonders an frischen Herbstabenden die Jugend einfand, ist einmal etwas sehr Seltsames passiert. Als es gerade besonders lustig zuging, da stellte sich der Teufel auf einen großen Stein und machte einen derart grellen Juchezer, dass alles erschrak. Man eilte nun raus aus der Tenne und jedermann sah zu seinem Entsetzen den Teufel, der anfing recht hölzern zu lachen. Eilig trennten sich die Jugendlichen und gingen schnellen Schrittes nach Hause. Manche waren von der anderen Seite des Bruggberges und mussten durch den Wald gehen, um nach Hause zu kommen. Als diese sich nach einer Zeit nach links drehten, da sahen sie das Bild des hölzern lachenden Teufels, schnell marschierten sie weiter, aber der Teufel wollte von ihrer linken Seite nicht weichen. Zwei junge Burschen traten wenig später auf eine Irrwurz, kamen vom Weg ab und mussten im Wald bleiben. Erst gegen Morgen kamen sie auf einen schönen Hof, und es schien ihnen fast unwirklich schön, als auch noch im Osten die Sonne aufging und alles in ein weiches Licht tauchte. Als sie dann vor dem Haus standen, war es bereits helllichter Tag. Aus dem Haus kam ein alter Bauer und sagte recht merkwürdige Worte:

„Seid's jung und werd's bald alt."

„Ach was!", antworteten die Burschen, die den Alten nicht recht verstanden. „Wir arbeiten am Hof, wir füttern das Vieh und leben ohne Sorgen", erwiderte einer der beiden, langte nach der Mistgabel und begann mit der Herbstdüngung. Der andere folgte seinem Beispiel, und beide schafften Tag für Tag auf dem Hof, ohne auch nur ans Heimgehen zu denken. Die alte Bäuerin kochte sehr gut für die beiden und bald war es Winter und es begann zu schneien. Es kam die Rauchnachtzeit und die alten Bauersleute starben. Die zwei Burschen waren jetzt die Bauern von dem abgelegenen Hof und mussten es so lange bleiben, bis ein anderer sich hierher verirrte.

Auch vom Aunerwald bei Westendorf wird von Irrwurzen berichtet. So soll eine Bauerndirn, die noch spät am Abend durch den Aunerwalde auf ihrem Heimweg war, auf eine Irrwurz getreten sein. Als sie sich erschrocken umsah, weil ihr der Wald plötzlich so fremd schien, da bemerkte sie den Eingang einer großen Höhle. Sie näherte sich und voller Neugierde ging sie sogar hinein und fand drei große Riesen, die schliefen. Auf Zehenspitzen drehte sie sich um und tippelte leise zurück zum Ausgang, um nur ja keinen der Riesen zu wecken, aber da war es bereits zu spät! Die Riesen begannen, freundlich mit ihr zu reden und luden sie ein, sich zu ihnen zu setzen. Das tat sie dann auch und nach einiger Zeit verlor die Dirn ihre Angst und war fröhlich und keck. Als sie sich dann aufmachte wieder zu gehen, da wollten die Riesen sie zum Bleiben überreden, und als sie bis zur Höhlenöffnung gegangen war, da konnte sie nicht mehr weiter.

„Du bist auf eine Irrwurz getreten“, erklärten ihr die Riesen „und jetzt musst du bei uns bleiben, bis ein Neuer kommt.“

Nun wusste sie nicht mehr viel zu sagen und Tag für Tag wurde sie stiller und „dasiger“. Wenn sie vom Fortgehen sprach, grinsten sie die Riesen höhnisch an und sagten:

„Probier's, geh nur, du kommst eh bald wieder.“

Eines Tages gelang es der Dirn wirklich, aus der Höhle zu gehen, aber sie kam nicht weit. Nach wenigen Schritten kehrte sie wieder um und bald darauf starb sie.

Die Räuber auf der Hohen Salve

Die Hohe und die Kleine Salve sind die Berghäupter eines fast isolierten Gebirgsstockes zwischen dem Brixental, dem Leukental und dem Sölland und ein herrlicher Aussichtspunkt. Im Brixental lebte vor wirklich langer Zeit die Witwe eines Bauern, sie hieß Gertrud, mit ihrem einzigen Sohn, dem Johann. Sie tat alles für ihren Buben und versuchte ihn zu einem anständigen jungen Menschen zu erziehen. Doch irgendwie half alles nichts, erst begann er nur zu trinken, dann fing er an kleine Diebstähle zu machen, um sich den teuren Alkohol finanzieren zu können. Er fiel von einem Verbrechen in das andere und wurde letztendlich Räuber und Mörder.

Viele Nächte lag seine Mutter im Bett und brachte vor Kummer kein Auge zu, sie betete zu Gott, aber auch das schien nicht zu helfen. Schließlich sammelte er eine Bande von sieben gleich gesinnten, liederlichen Burschen um sich und machte sich mit ihnen einen gefürchteten Namen. Seine Mutter weinte nun Tag und Nacht über ihren Sohn, der sich mit seinen Raubgenossen in den Wäldern der Hohen Salve herumtrieb, in denen sie sich sichere Schlupfwinkel gesucht hatten.

Nachdem die Mutter lang genug gebetet hatte, machte sie sich auf, ihren entsetzlichen Sohn zu suchen, um ihn nochmals zu bitten sein abscheuliches Leben aufzugeben. Und mit dem Gespür einer Mutter fand sie auch ihren Johann, er hatte sich nahe dem Gipfel der Hohen Salve versteckt.

„Geh Bua, ich bitte dich, was tust du denn? Komm doch zu Sinnen und werde wieder zu dem Menschen, der du einmal warst! Tief in dir drinnen bist du kein schlechter Mensch nit."

„Was will die Hur' von mir?", fragte er eisig seine Kumpanen.

„Ich bitte dich bei meinem Leben, kehre um und werde ein rechtschaffener Mensch!", beschwor ihn die Mutter mit einer unglaublichen Willenskraft, wie sie eben nur Mütter haben.

„Mir reicht's mit der Narreten da, nehmt's sie doch endlich mit und werft sie den Raben zum Fraß vor, so dass ich mir das Gesumse nicht länger anhören muss. Und – ab da", und er machte eine lässige Handbewegung.

Seine Männer nahmen nun seine alte Mutter und führten sie in den Wald, aber keiner von ihnen brachte es fertig ihr auch nur ein Haar zu krümmen. Im unwegsamsten Gelände ließen sie sie einfach zurück und ein jeder ging seinen eigenen Weg. Die Mutter aber fiel auf der Stelle, wohin man sie gebracht hatte, auf ihre Knie nieder und weinte und betete die ganze Nacht zu Gott und dem heiligen Johannes, dem Namenspatron ihres Sohnes. Ihr Sohn aber schlief bereits in seinem Versteck auf dem Gipfel der Salve, und wie seine Mutter immer noch am Beten war, da hatte er einen sonderbaren Traum. Er sah darin, wie ihm und seinen sieben Genossen der Kopf abgeschlagen wurde, den er dann blutig, schwarz und verbrannt am Boden liegen sah. Aus ihren abgeschlagenen Köpfen schlugen Feuer und Flammen auf, genauso wie bei den Verdammten in der Hölle. In den Wolken über ihnen schwebte aber der Kopf des heiligen Johannes des Täufers, und von diesem träufelten Tränen nieder auf die abgetrennten Köpfe der Räuber.

Als er nach diesem Traum am nächsten Morgen aufwachte, da ging er sogleich den Berg runter, suchte seine Mutter, von der er gehört hatte, dass sie noch am Leben sei, und bat sie um Verzeihung. Danach ging er mit seinen Genossen zum Gericht und stellte sich. Es kam, wie Johann es im Traum bereits gesehen hatte, jeder von ihnen wurde geköpft. Nach der Vollstreckung erbat sich die Mutter die acht Köpfe der Gerichteten, trug sie hinauf zum Gipfel der Hohen Salve und begrub sie dort oben. Dann verkaufte sie all ihr Hab und Gut im Brixental und erbaute davon das kleine Gotteshaus zu St. Johann auf der Hohen Salve.

Der Ritter von Itter

In Zeiten des Faustrechtes saß auf dem Schlosse Itter hoch über dem Brixental ein junger, reicher Ritter, der wegen seines schlechten Wandels der Schrecken der ganzen Gegend war. Im Schloss Högau lebte damals auch ein alter Ritter, der reich und fromm war. Er hatte nur eine Tochter, sie hieß Elsbeth. Elsbeth war so, wie sich jeder eine Tochter zu der Zeit wünschte, sie war sanft und schön wie ein Engel, intelligent und redegewandt, gläubig und gegenüber Mensch und Tier gleichermaßen ehrfurchtsvoll. Auch dem stolzen Junker von Itter entging natürlich nicht, was für eine charmante junge Frau auf dem nachbarschaftlichen Schloss heranwuchs und hielt bei ihrem Vater um ihre Hand an. Doch der Ritter von Högau wusste den arroganten und gottlosen Jüngling richtig einzuschätzen und sagte ihm seine Meinung über ihn direkt ins Gesicht:

„Ich kenne meine Tochter gut und ich weiß, dass sie mit einem frommen, armen Mann, auch wenn sie nur einen Bissen Brot hätten, glücklicher sein wird als mit einem gottlosen Reichen wie dir!“

So mit ihm zu sprechen hatte sich noch keiner getraut und der Junker von Itter musste sich zusammennehmen, dem Alten nicht Gewalt anzutun.

„Du wirst an deine Worte noch zurückdenken, alter Mann“, gab er ihm zur Antwort und verließ wütend den Rittersaal von Schloss Högau.

Vielleicht lag es an der Jahreszeit, vielleicht verbreitete auch die Dienerschaft den Vorfall in der Umgebung, bald darauf erschien jedenfalls ein weiterer Jüngling, der die schöne Elsbeth heiraten wollte. Es war der Ritter von Engelsberg, der von allen nur geschätzt wurde und von dem niemand etwas Schlechtes zu erzählen wusste, und der Vater von Elsbeth willigte freudig ein. Es sollte keine rauschende Hochzeit mit hunderten Gästen aus ganz Europa werden, sondern eine einfache Hochzeit im Kreis der Familie, die auch nicht lange organisiert werden musste. Und als nun das Brautpaar mit den Eltern der Braut und einigen Freunden bei dem einfachen Hochzeitsmahl auf Högau saß, da drang der Burgherr von Itter mit einigen Knechten in den Speisesaal ein. Unter Waffengewalt ließ er das Brautpaar knebeln und entführte es zu sich auf die Burg Itter. In den tiefsten und dunkelsten Kerker ließ er das Brautpaar werfen und in ein anderen Verlies sperrte er den alten Ritter von Högau mit seiner Gemahlin, und er freute sich diebisch dabei.

„Nun werden wir sehen, wie glücklich deine Tochter mit einem frommen Mann und einem Bissen Brot wird. Beieinander sind sie ja jetzt, den Bissen Brot sollen sie auch bekommen, aber ich weiß noch nicht, womit die beiden auf ihre traute Zweisamkeit anstoßen wollen. Denn Wasser müssen sie sich halt selbst suchen. Und nun wollen wir uns alle mit deiner Tochter über die Hochzeit mit dem frommen Engelsberger freuen", sagte er lachend zu den besorgten Eltern.

Er verließ den Keller mit den Kerkern und sein lautes Hohngelächter begann langsam zu verebben. Dem frisch verheirateten Brautpaar wurde wirklich nur ein Stück Brot, aber nichts zu trinken gegeben. Als sich der Durst nach mehreren Stunden erstmals meldete, da war er noch zum Aushalten, aber bereits nach einem Tag hatten sie schwere Zungen wie dicke Ledersohlen im Mund. Ihr Durst wurde immer schlimmer und jeder Gedanke drehte sich nur noch um Wasser. In ihrer tiefen Not begannen sie innig zu Gott zu beten, und ihr Gebet wurde erhört. Wunderbar erhellte sich der Kerker und, von einem goldenen Schein umgeben, stand die heilige Elisabeth vor ihnen. Sie deutete auf die schwarze Kerkermauer und im gleichen Augenblick sprudelte eine silberklare Quelle hervor. Die Durstigen krochen, so gut sie konnten, zu dem sprudelnden Nass und konnten endlich trinken und waren vor dem grauenhaften Tod des Verdurstens gerettet. Sie dankten Gott und ihre Körper konnten sich langsam von ihrer Qual erholen. Der Zufall wollte es, dass gerade zu diesem Zeitpunkt der grausame Ritter von Itter bei den Kerkern vorbeiging. Er sah die Quelle frisch und fröhlich aus der Wand rieseln und verstand die Welt nicht mehr. Als er in den Kerker der zwei Liebenden blickte, sah er das entzückte Paar noch immer im göttlichen Schein erleuchtet. Da ergriff dieses Licht auch den Ritter und etwas in seinem Inneren änderte sich. Er erkannte das Verbrechen, das er begangen hatte, und bat die beiden um Vergebung. Auch die alten Eltern befreite er aus dem Verlies, und wohlbehütet und unter Festmusik führte er alle nach Högau zurück. Der Ritter von Itter bekannte überall laut seine Schuld und erzählte vom Wunder im Kerker. Zu Ehren der heiligen Elisabeth und als Zeichen seiner Sühne ließ er gleich unterhalb der Engelsberg eine kleine Kirche erbauen, die auch heute noch steht.

Frau Percht

In den winterlichen Raunächten, besonders aber am Dreikönigsabend, auch „Perchtlnacht“ genannt, zieht Frau Percht mit ihrer Kinderschar von Haus zu Haus. Wenn die Bauerndirnen zu dieser Zeit ihre Arbeit noch nicht getan oder sogar nur schlampig gemacht hatten, dann wurden sie von ihr gestraft. So klopfte sie an ein Fenster, wo sie noch ein Spinnrad surren hörte und sprach:

„Spinn, spinn, morg’n bist hin.“

Die Bäuerinnen im Brixental kochen am letzten Rauchabend nicht Nudeln, wie es an den vorhergehenden Rauchabenden Sitte ist, sondern sie backen die „Percht'nkrapfen". Einige davon werden für die Frau Percht auf die „Labn", in den Vorraum, der mit einem Pferdefuhrwerk befahrbar ist, gestellt. Wenn nämlich die Perchtl die Krapfen nimmt und isst und auf ihrem Weiterweg dann über das Flachsfeld geht, dann wird der Flachs im kommenden Sommer besonders gut geraten, so dass die Frauen am Hof einen schönen, feinen Zwirn spinnen können.

Oft kehrt die Frau Percht, auch Berchta genannt, in den Häusern ein, wo ein ungetauftes Kind aus ihrer Kinderschar herstammt. Wenn sie sich dann an den gedeckten Stubentisch setzt und sie wird aus einem geheimen Winkel beobachtet, dann wird der Neugierige damit gestraft, dass sie ihm das Augenlicht nimmt. Wenn sie dann im nächsten Jahr wiederkommt, gibt sie dem Neugierigen am gleichen Ort das Augenlicht wieder.

So war es auch in Matrei in Osttirol. Da hörte ein Mann am Dreikönigsabend einen großen Lärm an seinem Haus vorbeifahren. Er sah aus dem Fenster hinunter und die Perchta sagte:

„Da muss ich ‚s Balkele zutun."

Sie schloss den Fensterladen und der Mann war blind. Kein Arzt konnte ihm helfen, nur gute Ratschläge bekam er, und einer davon war, dass er sich im nächsten Jahr wieder zum Fenster hinauslehnen solle. Und so tat er und wieder zog die Perchta vorbei, nur sagte sie diesmal:

„Fearten (im letzten Jahr) habe ich hier ein Balkele zugetan, das muss ich jetzt wieder aufmachen", und der Mann konnte wieder sehen.

In der Gegend von Fieberbrunn geht die Perchtl mit einem großen Korb in den Häusern herum und steckt die „zwideren" Kinder, die sie findet, in den Korb hinein. Dann geht sie mit den im Ruckkorb gefangenen Kindern in den Wald hinaus und macht ein großes Feuer. Die besonders schlimmen und bösen Kinder verbrennt sie, die anderen aber lässt sie wieder laufen. Ob diese aber nach Hause kommen oder nicht, das kümmert sie wenig.

Wenn im Winter eine der Bauernmägde schlecht spinnt, dann kommt die Perchtl und wickelt ihr das Garn um die Hand oder setzt es ihr auf den Kopf und zündet es dann an.

In Leibnig in Osttirol, da fand eine Bäuerin am Dreikönigstag morgens einen großen eisernen Handschuh auf dem Herd liegen. Sie wusste, dass dieses Stück niemandem auf dem Hof gehörte, und die Sache kam ihr komisch vor. Sie zeigte dem Bauern den Fund und auch der war sich nicht sicher, vermutete aber, dass er der „Wilden Berchta" gehöre und riet ihr, doch den Pfarrer zu fragen. So tat sie, und der gab ihr den Rat, den Handschuh in einem Kasten sorgfältig aufzubewahren, das ganze Jahr ihn nicht anzusehen und ihn in der Dreikönigsnacht wieder auf den Herd zu legen. Der Rat wurde befolgt, und als ein Jahr später die Bäuerin in ihre Küche ging, um Suppe zu kochen, fand sie an der Stelle des Handschuhes ein Häuflein Gold.

In Alkus ging ein Bauer in der Dreikönigsnacht nach Hause, kam wegen dem hohen Schnee aber nur sehr langsam weiter und machte eine sehr seltsame Begegnung. Er lehnte gerade an einem Baumstamm, um sich ein wenig auszuruhen, da kam plötzlich ein riesiger Kerl mit einer eisernen Stange, die ihm als Wanderstock diente. Dem Bauern sank das Herz bis in die Hose, denn er war sich wohl bewusst, dass er in der Perchtennacht nicht daheim beim Räuchern war und in dieser Nacht sehr viele Dämonen ihr Unwesen trieben. Der Wilde Mann kam aber freundlich auf ihn zu und sagte:

„Ich bin heute so weit gegangen, dass ich müde bin und schlafen möchte – ich kann nicht mehr. Sei so gut und bleibe du bei mir. Denn wenn du ein Glöcklein klingen hörst, dann kommt die „Wilde Berchta“ und du musst mich aufwecken. Hör gut zu, du musst mich dann sofort aufwecken, und zwar mit der Stange da, die nimmst du in die Hände und schlägst mir einfach auf die Nase damit. Sonst wache ich nämlich nicht auf, ich habe einen knietiefen Schlaf.“

Der Wilde Mann legte sich zurück und war sofort eingeschlafen. Nach einiger Zeit hörte der Bauer ein Glöcklein, sprang auf und rüttelte und zerrte an dem Schläfer, doch der wollte nicht aufwachen, was er auch tat. Also blieb ihm nichts anderes übrig, als ihm wirklich mit der Eisenstange auf die Nase zu hauen, da erwachte er und sprang auf.

„Viel zu spät“, rief der Wilde Mann, „ich kann dir als Dank nicht mehr sagen, als dass du viel Roggen und Weizen, Magen (Mohn) und Bohnen säen sollst!“

Mit diesen Worten lief er fort. Der Bauer folgte seinem Rat, und er hat es nicht bereut.

Von den Schnabelmenschen

Beim Übergang ins Defreggental in Osttirol gibt es gewaltige, übereinander geschichtete Granitblöcke, welche mitunter tiefe Grotten bilden. In diesen Grotten lebten in alten Zeiten die Schnabelmenschen. Die waren so gewaltig groß wie Riesen und hatten anstatt eines Mundes Schnäbel. Ganz gleich ob Mensch oder Vieh, sie packten alles, was ihnen vor dem Betläuten in der Früh oder nach dem Betläuten am Abend begegnete. Wenn sie sich einen Ochsen geraubt hatten, dann brieten sie den im Ganzen über dem Feuer, nagten ihn bis auf die Knochen ab und warfen diese auf einen Haufen zusammen. Den Knochenhaufen bedeckten sie danach mit der abgezogenen Ochsenhaut, sagten einen magischen Spruch auf und wenig später war der Ochse wieder lebendig. Allerdings war er dann nicht mehr ganz so gut „beieinander“ und stark abgemagert.

In Pidig kamen einmal neun Männer abends nicht mehr nach Hause und mussten in einem Stadel übernachten. Als sie alle seelenruhig im Heu schliefen, da kam in der Nacht einer der Schnabelmenschen. Vor Schreck erhoben alle Männer zugleich ihre Köpfe aus dem Heu. Da sagte der Wilde Mann mit seinem Schnabel:

„Bin neunmal alt und neunmal jung, aber so ein Tier mit neun Köpfen hab' ich nie gesehen“, worauf er sich voll Schrecken eilig entfernte.

Auf der Alm Verwon hatte sich ebenfalls einer verspätet und war noch nach dem abendlichen Betläuten auf dem Weg. Das Läuten war gerade aus, da sah er schon einen Schnabelmenschen übers Joch kommen. Was sollte er nur tun, dieser Wilde war ihm im wahrsten Sinne haushoch überlegen? In seiner Angst begann er zu laufen und ergriff die Flucht, doch versuchte er es auch mit einer List – er ging im Schnee einfach rückwärts den Hang hinunter. Als der Schnabelmensch nun auf seine Fußspuren traf, meinte er, der Mensch müsse in die entgegengesetzte Richtung gegangen sein und lief dorthin, wo der Flüchtige herkam. Mit einem unglaublichen Tempo begann der Schnabelmensch nun, im Stadel das gesamte Heu umzukehren und nach draußen zu werfen, aber er konnte niemanden finden.

Den Braven und Frommen aber haben die Schnabelmenschen auch Nützliches getan. So ging ein Bauer eines Morgens zur Frühmesse und rief aus Übermut in den Wald:

„Jetzt geht's herunter und arbeitet!“

Und wie er von der Messe zurückkam, da … tägliche Arbeit am Hof bereits erledigt.

Der Knäuel

Triendl und Hans waren ein fleißiges Paar, sie konnten aber trotz großer Sparsamkeit nicht daran denken, den Bund fürs Leben zu schließen und einen eigenen Hausstand zu gründen. Betrübt dachte das Mädchen in einer hellen Vollmondnacht über ihr trauriges Schicksal nach. Silbriges Licht durchflutete ihr kleines Zimmer, und plötzlich stand vor ihr eine überirdisch schöne Frau, die teilnehmend nach ihrem Kummer fragte. Triendl schüttete dieser fremden Frau ihr Herz aus und war froh, dass sie endlich mit jemandem darüber reden konnte. Lächelnd sagte die Frau:

„Wenn du schweigen kannst und wirklich zu niemandem, auch zu deinem Hans nicht, über mich sprichst, so verspreche ich dir, dass ich euch helfen werde. Ich bin eine Salige, wohne auf den höchsten Berggipfeln und steige nur in mondhellen Nächten herab, um den Menschen in Not ein wenig zu helfen. Ich gebe dir diesen Knäuel. Beginne nun aus diesem Garn Stoffe zu weben, die so prächtig werden, dass du sie verkaufen kannst. Er ist ein Wunderknäuel und gehört zu den immerwährenden Geschenken, er wird daher nie zu Ende gehen – einzig darüber schweigen musst du! Verrätst du aber, von wem du dieses Geschenk erhalten hast, so verschwinden nicht nur das Garn und die von dir gewebten Stoffe, es wird dir noch dazu großes Leid geschehen. Nun denke darüber nach und sage, welchen Weg du gehen willst!“

Mit diesen Worten war die Salige auch schon wieder verschwunden, und Triendl fühlte augenblicklich eine kleines Garnknäuel in ihren Händen.

Das fleißige Mädchen hatte sich entschieden und nahm das Geschenk an. Sie machte sich ans Werk, und siehe da, sie stellte wunderschöne Decken her, wie man sie im Defreggen noch nicht gesehen hatte. Von überall her kamen die Bauern, um ihr die Waren abzukaufen.

Triendl war aber nicht nur fleißig, sie war auch gewissenhaft und nahm die Worte der Saligen sehr ernst. Ihren Hans hatte sie beschworen, sie niemals nach der Herkunft dieses Wundergarns zu fragen.

Als das Mädchen in einer hellen Vollmondnacht immer noch am Webstuhl saß, kam die Salige wieder.

„Weil du so eine fleißige Arbeiterin bist, habe ich dir heute farbiges Garn mitgebracht und will dir zeigen, wie du noch schönere Muster in deine Decken weben kannst. Mit diesen soll dein Verlobte in andere Täler wandern, um sie zu verkaufen. Er wird Silbertaler dafür nach Hause bringen und bald werdet ihr heiraten können, Kinder bekommen und glücklich in einem schönen Zuhause leben. Doch schweigen musst du wie bisher, bis ich selbst dich von deinem Schweigen entbinde!"

Die Worte der Saligen hatten sich erfüllt, die bunt gewirkten, schön gemusterten „Defreggerdecken" wurden in ganz Osttirol verkauft, sodass schon nach wenigen Wochen weitere Händler bis weit über die Grenzen ihrer Heimat hinaus die Waren brachten. Alle verdienten gut an der Ware und kehrten mit Silbergulden in den Taschen wieder.

Bald konnten Triendl und Hans als Brautpaar vor den Traualtar treten, und es kam, wie die Salige ihr vorausgesagt hatte. Sie lebten als glückliche Familie mit mehreren Kindern in einem netten Häuschen. Einige Jahre später vermarkteten sie auch noch die bekannten selbstgeflochtenen Strohhüte und konnten als Großeltern auf viele Nachkommen blicken. Die gesamte Familie schien unter dem besonderen Schutz der Saligen Frau zu stehen.

Eine Salige heiratet

Ganz hinten im Kalsertal in Osttirol steht der mächtige Großglockner, der als riesiger Grenzstein Tirol von Kärnten und Salzburg trennt. An seinem steilen Hang, da steht ein Bauernhaus, „Zum Spöttling“ genannt.

Vor einigen Jahren lebte hier ein junger, schöner Bauer, doch war er sehr jähzornig und trank noch dazu. Welche Frau hätte ihn da heiraten mögen? Und endlich hatte er sich damit abgegeben und wollte auch nicht mehr heiraten, denn einen gewaltigen Vorteil hat das Junggesellenleben ja, man hat immer seinen Frieden und nie Streit.

Eines schönen Tages kam aber ein fremdes Mädchen des Weges, niemand wusste, woher es kam, und fragte, ob es nicht als „Dirn“ arbeiten könne. Die Fremde war schön, groß gewachsen und hatte breite Schultern. Da sagte der Bauer nicht nein, denn das Mädchen gefiel ihm ungemein gut und bald zeigte es sich, dass es überaus fleißig und geschickt war, noch dazu war es jeden Morgen gut aufgelegt und hatte immer ein Lied auf den Lippen. Der Bauer übergab ihm immer mehr Arbeiten und immer mehr Verantwortung über den Hof und schließlich fragte er die junge Frau, ob sie ihn heiraten möchte. Mit ernstem Blick antwortete sie:

„Gerne will ich dich heiraten, aber eines musst du mir versprechen, dass du mich niemals schlägst. Und wenn du es tust, dann nehme nicht die Faust, sondern die Hand!“

„Gott steh’ mir bei, das werde ich niemals tun!“, antwortete er ihr ganz aufgebracht.

Die Jahre vergingen und beide lebten in glücklicher Ehe zusammen. Als dann noch zwei Mädchen auf die Welt kamen, da dachten der Bauer schon lange nicht mehr an ihre ersten Jahre und die geheimnisvolle Herkunft seiner Frau.

Nun ging der Bauer aber in einer Nacht stark betrunken vom Dorfgasthaus nach Hause und da fiel ihm diese sonderbare Bedingung seiner Frau ein. Was würde wohl passieren, wenn er sie schlagen würde? Mit dieser Frage zermarterte er sein benebeltes Hirn und als er nach Hause kam, versuchte er, grundlos Streit mit ihr anzufangen. Sie aber wich ihm aus und ging nicht weiter darauf ein. Da ballte der Mann die Faust und boxte seiner Frau in den Rücken. Nun schlug sie die Schürze vor ihr Gesicht und lief aus dem Haus.

Der Mann legte sich daraufhin mit seinem Rausch schlafen und wachte am nächsten Morgen mit trockenem Mund, aber ohne Frau im Bett auf. Langsam erinnerte er sich, was gestern in der Nacht vorgefallen war, und nun ging er seine Frau suchen. Doch wo er auch suchte, er fand sie nicht.

Als dann der nächste Samstag kam und es Spätnachmittag wurde, da gingen die beiden Töchter, die erst vier und fünf Jahre alt waren, in den nahen Wald hinaus. Erst am Abend kamen sie zurück, doch waren sie sauber gewaschen, gekämmt und schön „gezopft".

„Gitschilen, wo kommt denn ihr jetzt her?", fragte sie der Vater verwundert.

Da erzählten sie, dass sie ihre liebe Mami draußen im Wald getroffen hatten und die habe sie so schön hergerichtet. Und so kam die Mutter von nun an jeden Samstag in den Wald, bis die Kinder erwachsen waren und sich selber waschen und die Haare machen konnten. Der Bauer bekam nach diesem Vorfall das Stottern, und das ging auf alle späteren Hausbesitzer über. Seine Frau aber wird wohl eine Salige gewesen sein.

Hauswichtlein in Lienz

In einem Haus in Lienz wohnten früher Wichtlein, die besonders in der Nacht und am meisten in der Küche mit viel Krach und Gepolter herumfuhrwerkten. Wenn die Hausbewohner in der Kirche waren, dann gab es einen derartigen Krawall in der Küche, dass man meinte, alles Geschirr würde zerbrochen werden. Ein anderes Mal polterte es unglaublich laut in der Stube, dass man Angst bekam, der Ofen wäre in sich zusammengebrochen. Doch wenn man dann nachschauen ging, dann war alles in bester Ordnung und nichts zu sehen.

Diese kleinen Hauskobolde neckten aber auch die Bewohner des Hauses, indem sie den Schlafenden die Decke von den Betten zogen oder, was noch viel schrecklicher war, sie fassten den Barfußgehenden mit eiskalten Kinderhändchen um die Fußknöchel. Eher selten ließen sie sich in der Gestalt von kleinen Männchen blicken, die wie Ratten oder Schatten im Dämmerlicht an den Wänden hin und her huschten und schließlich in einem dunklen Winkel verschwanden.

Zu jener Zeit gehörte das Haus einem Schuster, und der hatte in einer Nacht einen Gast bei sich in der Küche schlafen, weil es sonst keinen Platz im Haus gab. Der Mann schlief tief auf seinem Platz auf der Bank am Herd, der Mond schien hell in die Küche und wahrscheinlich war es Mitternacht, als der Gast von einem kleinen Geräusch erwachte.

Da sah er ein Wichtelweiblein mit einigen Schüsseln und einem Licht. Das kleine Weiblein war sehr beschäftig, es zündete Feuer im Herd an, kochte Essen, ging es eilig servieren und kam bald darauf mit der leeren Schüssel zurück und spülte sie ganz sauber ab. Als es fertig war, nahm es ein Holzscheit und schlug damit auf den Herd, dass helle Funken sprühten, und es entstand ein Krachen und Poltern, als fielen Küche, Herd und Schornstein auf einmal zusammen. Bei dem Ganzen entstand überhaupt kein Schaden, und dennoch grauste dem Mann so sehr, dass er kein Auge mehr zutun konnte und froh war, als er am nächsten Morgen mit heiler Haut aus dem unheimlichen Haus verschwinden und heimkehren konnte.

Nach einiger Zeit verkaufte der Schuster das Haus, weil sie es mit den Wichteln zusammen nicht mehr ausgehalten haben. Doch auch der neue Besitzer konnte sich mit dem Treiben der Wichtel keineswegs anfreunden. Er ließ daher ganz einfach das Haus abbrechen und ganz neu bauen. Ob das geholfen hat, das weiß man leider nicht.

Die Sage von der Ewigkeit

Oft wird den Jugendlichen in Tirol von den Älteren die Sage von der Ewigkeit erzählt und nie können sie davon genug bekommen. Immer wenn Geschichten, Märchen und auch kindgerechte Sagen erzählt werden, betteln sie danach noch einmal diese Sage zu hören.

Damit auch wir wieder eine Ahnung davon bekommen was der zeitliche Begriff „Ewigkeit" bedeutet, möge man sich folgende Definition vorstellen:

Wenn sich in Tirol alle tausend Jahre eine Amsel auf die Nordkette im Karwendel setzt und ihren Schnabel am Gestein wetzt, und wenn dann einmal die Nordkette davon abgeschliffen ist, dann ist eine Sekunde der Ewigkeit vergangen.

Vinzenz, der Wasserschmecker

Im Iseltal in Osttirol wurde einmal ein Mann bekannt, den alle einfach nur Vinzenz nannten, und der später in der gesamten Umgebung bekannt war. Denn Vinzenz war ein sogenannter Wasserriecher, er konnte das Wasser „schmecken", wie man in Tirol sagt, und hatte auch sonst noch mancherlei seltsame Eigenschaften. Vor allem hatte er die merkwürdige Gabe, überall zu entdecken, wo unterirdische Quellen verborgen waren.

So war in der Gemeinde Dölsach bei Lienz ein Bauer namens Tschuling, der hatte auf seinem Bauernhof keinen Brunnen. Nun hatte er von Vinzenz, dem Wasserschmecker, gehört und ließ ihn zu sich auf seinen Hof bestellen, ob er nicht doch Wasser auf seinem Grund finden würde. Vinzenz brauchte nicht lange und nannte dem Bauern eine Stelle im Garten, wo er nachgraben solle.

Tschuling aber lachte ihm ins Gesicht und sprach: „Narr! Hier ist alles Fels, und wo Fels ist, kann kein Wasser sein."

„Du bist ja selbst ein Narr, ein damischer noch dazu!", antwortete Vinzenz. „Wo Wasser ist, ist kein Felsen. Droben der Waßler-Bauer, dein Nachbar, der muss 18 Fuß tief durch den Felsen bis zum Wasser runtergraben."

Als Vinzenz, der Wasserschmecker, wieder gegangen war, erzählte der Tschuling seinem oberen Nachbarn, was der Vinzenz gesagt hatte.

„Also auf Felsen bin ich dort noch nie gestoßen", lachte der, „und ich kenne meinen Boden wohl!"

Dennoch ließ das Gesagte beiden keine Ruhe, und beide fingen an, nach dem Rat vom Vinzenz nach Wasser zu graben. Und siehe da, beides bestätigte sich. Obwohl beim Tschuling im Garten sonst alles Felsen war, stieß er auf Wasser und beim oberen Nachbarn, bei dem im ganzen Acker nie ein Felsen entdeckt worden war, wurde das Wasser erst unter tiefem Fels entdeckt.

Einmal schlief dieser Vinzenz bei einem Bauern mit Namen Rainer in der Stube. Am folgenden Tag in der Früh, als es noch ganz finster war, etwa gegen 4 Uhr, kam der Nachbar des Bauern, um in dessen Mühle zu mahlen. Der Schlüssel zur Mühle hing an der Wand in der Stube, gleich neben der Tür, und der Nachbar ging daher nicht in die Stube hinein, sondern öffnete nur leise die Tür und griff in das dunkle Zimmer nach dem Schlüssel. Beim Frühstück dann fragte nun der Vinzenz, wer denn bei der Tür hereingegriffen habe, und als man ihm sagte, es sei der Nachbar gewesen, der da den Mühlenschlüssel geholt habe, welcher bei der Tür gehangen sei, so sprach Vinzenz:

„Ah so? In einem Jahr wird dieser Mann mal euer Nachbar gewesen sein!"

Und so kam es auch, denn jener Nachbar starb noch im selben Jahr. Vinzenz konnte nämlich nicht nur Wasser schmecken, sondern sogar den Tod anderer Leute.

Vom Alber

Der Alber tritt in Tirol hauptsächlich in zwei Erscheinungsbildern auf, als feuerspuckender Flugdrache und als großer, schwarzer Almhirte, der auch wilder Ochsner oder Alperer genannt wird.

In der Gegend von Nauders am Reschenpass sieht man oft, wenn das Gras am schönsten ist, ausgebrannte Flecke auf den Wiesen. Diese Flecke nennt man auch heute noch die Alberflecke, denn der Erzdrache „Alber" macht sie in der Nacht, wenn er von einem Berg auf den anderen fliegt. Auf den Wiesen, wo er sich niederhockt und ausruht, ist am nächsten Tag durch seinen heißen, brennenden Körper eine halben Mondsichel ausgebrannt. Diese Alberflecke sind etwa 30 cm breit und gegen 7 m lang, manchmal sieht man auch einen ganzen Ring, aber selten. Jedes Jahr macht der Erzdrache einen oder zwei Alberflecke, manches Jahr auch mehrere, so hat man vor vielen Jahren zwölf gezählt. Die Flecke liegen dann ganz regelmäßig beieinander, einer hinter dem anderen, in mitten vom grünen, saftigen Gras. Erst nach sieben Jahren wächst wieder Gras auf dem Alberfleck, doch viel dichter, höher und grüner als je zuvor, so dass man die Form auch später noch erkennen kann. Manch ein Bauer glaubt darin das Werk des Teufels zu sehen, aber das ist nicht wahr, denn der Alber ist der Erzdrache oder Luftdrache, der sich in den tiefsten Klüften der höchsten Berggipfel aufhält, wohin kein Mensch gelangen kann.

Er ernährt sich nur von Erz, das schmilzt in seiner Glut zu reinem Gold. Und auch sein Lager ist aus reinem Gold. Wenn jemand das Schlaflager des Erzdrachen finden würde, dann wäre der der reichste Mensch auf der Welt. Manch einer hat ihn schon gesehen, wie er seinen üblichen Weg vom Piz Mondin nach dem Piz Lad flog. Es war wie immer, wenn der Alber fliegt, Nacht. Zuerst rötete sich der Gipfel des Piz Mondin, der Glanz wurde immer stärker und dauerte wohl eine Viertelstunde lang, dann flog der Alber, als ein feuriger Klumpen mit langem, feurigem Schweif, gegen Piz Lad und senkte sich in Ferrates nieder, wo er aus dem Blickfeld war.

In der Zeit um Martini (11. November), wenn alle Hirten im Zillertal mit ihren Herden die Alpen bereits verlassen haben, sieht man während der Abendstunden und manchmal noch spät in der Nacht auf den Alpen den Alber. Der Alber ist eine schauerliche, große Gestalt mit einem sehr langen, feurigen Schweif. Er eilt von Alpe zu Alpe, wo er jeweils ein wenig rastet, und wo er war, da hinterlässt er einen bestialischen Gestank, der lange nicht verschwindet. Wenn die Einheimischen aber diese Erscheinung erblicken, so schlagen sie schnell ein Kreuz in die Richtung. Dieser Alber ist der böse Feind, der seine Diener holt, die er Anfang Frühling in die einzelnen Sennhütten verteilt hat, um die Taten der Senner auszuspionieren. Alles was von den Sennern leichtsinnig verworfen und zu Grunde gerichtet wurde, wird von ihnen als Beweismaterial gesammelt, bis zum letzten Gericht.

Wenn die Senner die Almen in der Wildschönau verlassen und ihr Vieh abtreiben, zieht auf einigen der Almhütten der Alberer oder Alperer ein. Deswegen sollten sich die Almleute nicht zu viel Zeit beim Almabtrieb lassen, sonst könnte es geschehen, dass sie dem Alberer begegnen, der dann die Macht über Mensch und Vieh bekommen würde. Ja, es könnte sogar passieren, dass der Stier des Hirten mit dem breithornigen schwarzen Stier des Alberers zusammenstößt.

Diese riesenhafte Gestalt ist überaus stark und knochig, rollt entsetzlich seine glühenden Augen und treibt mit einem ellenlangen Stecken sein Vieh in gestreckten Sprüngen vorwärts den Berg hinauf.

Der Alberer treibt immer hundert tiefschwarze Kühe auf, nicht mehr und nicht weniger, und einen tiefschwarzen Stier. Allen Tieren sprüht helles Feuer aus dem Maul. Die Kühe laufen in einer langen Reihe eine hinter der anderen her, so dass der Zug aus der Ferne einer weit gedehnten Flamme gleicht. Dazu brüllen die schwarzen Rinder entsetzlich laut und der Alberer gibt mit entsetzlichem Fluchen den Takt dazu. Sollte es aber einer seiner Kühe einfallen aus der Reihe zu springen, dann gerät er in unglaubliche Wut und haut mit seinem Stecken so wuchtig auf das Tier, das es mitten entzwei bricht. In noch ärgeren Zorn fällt er aber, wenn die Kuh hinter ihm wieder frisch und gesund aufsteht, was auch vorkommen soll.

Im Unterinntal wird am Martinitag der „Albererzug“ sogar wirklich aufgeführt, ähnlich dem Perchten- und Schemenlaufen im Fasching. Die Alberer werden möglichst schaurig und angsteinflößend kostümiert, haben lange Hälse und urige Hörner auf dem Kopf. Sie sind mit Schellen behängt und mit Ruß geschwärzt und versuchen, die umstehenden Zuschauer ebenfalls mit ihren rußigen Händen zu schwärzen.

In Pertisau sagen die Bauern, wenn im Herbst die Zugvögel hoch in der Luft vorbeifliegen und dabei ein eigentümliches Rauschen aus der Luft zu hören ist:

„Der Älperer ist abgefahren“, und meinen damit den Almgeist, der mit dem Vieh kommt oder geht.

Ein kecker Bursche aus dem Unterinntal versuchte einmal nach dem Abendläuten sich dem wilden Ochsner, wie der Alberer auch genannt wird, in den Weg zu stellen. Dumm war er nicht, denn er hatte vorsichtshalber einen Hahn, eine Katze und einen Hund bei sich – und das war sein Glück. Als die wütende Meute auf ihn zustürmte, schrie ihm eine fürchterliche Stimme zu:

„Hattest du nicht das Krahnete, Krallete und Beißete bei dir, sollte es dir übel gehen!“

O weh, wie ist der Pflug so heiß

Ein Bauer, der sich ganz schlau vorkam, ackerte jedes Mal beim Pflügen eine Furche vom Grund des Nachbarn mit um und stahl auf diese Weise mit der Zeit einen Strich Boden. Zur Strafe musste er nach seinem Tod mit einem feurigen Pflug über den kleinen gestohlenen Acker auf- und abpflügen. Dabei hörte man ihn oft jämmerlich schreien:

„O weh, wie ist der Pflug so heiß,
und niemand mir zu helfen weiß!“

Endlich nahm sich der neue Hofbesitzer ein Herz und verlegte die Grenzsteine wieder auf den richtigen Platz. Da rief in der folgenden Nacht der Geist mit freudiger Stimme:

„Erlöst, Gott sei Dank, bin ich jetzt,
der Markstein ist auch recht gesetzt.“

So einen Grenzsteinversetzer, auch Marchegger genannt, gibt es auch im Oberinntal bei Stams. Diese nächtliche Gestalt ist Alt und Jung bekannt und wird auch „der Waldgeist“ genannt.

Es gingen einmal zwei junge Bauernknechte von Stams in finsterer Nacht nach dem benachbarten Dorf Silz, wo sie daheim waren. Sie schlugen den nächsten Fußpfad über die Wiesen ein, welcher bei den großen Eichen über den Weiler Staudach vorbei führt, links von der Poststraße, es kennt ihn wohl jeder Silzer.

Kaum waren sie einige Minuten auf dem Weg, da hörten sie eine klägliche Stimme rufen:

„Wohin? Wohin?“

Die zwei Knechte erschraken und riefen: „Hierher!“, und gingen langsam weiter.

Aber bald sahen sie eine feurige Gestalt aus dem nahegelegenen Wald heraus und schnellen Schrittes auf sie zu kommen. Jetzt wurde ihnen angst und bange, und sie nahmen die Füße in die Hände, sie liefen so schnell sie konnten nach Silz zu, der Waldgeist aber lief hinten nach und war ihnen dicht auf den Fersen.

Sobald sie das Dorf erreicht hatten, bekamen sie vom feurigen Waldgeist jeder einen starken Schlag auf den Rücken und das war alles. Am andern Tag schauten sich beide ihre Kleider und sahen den schwarzen Abdruck einer eingebrannten Hand, von der sie den Schlag bekommen hatten. Wenn sie die verbrannte Stelle ausbessern lassen wollten, so fiel jedes Mal der aufgenähte Flicken wieder herunter und die Hand kam wieder zum Vorschein. Doch sie hatten das Mal nicht nur auf ihren Jacken, auch auf ihrem Rücken war die schwarze Hand abgebildet und blieb dort für ihr ganzes Leben.

Der Waldgeist aber war ein Grenzsteinfrevler gewesen, wenn sie ihn nicht gefoppt hätten, dann hätte er ihnen auch nichts getan.

Nicht weit davon entfernt, auf dem Mieminger Plateau, ist etwas ganz Ähnliches passiert.

Ein Mann, der von Mötz heraufkam, begegnete unterwegs einem anderen, der von Fronhausen hinabging. Letzterer trug einen schweren Sack auf dem Rücken und rief in jammerndem Tone:

„Wohin? Wohin soll ich ihn denn tun?"

„Dahin, wo du ihn hergenommen hast", gab der andere ruhig und gelassen zur Antwort.

Da atmete der Sackträger auf und sprach: „Jetzt bin ich erlöst!"

In Holzgau haben solche Grenzsteinversetzer die Gestalt von kleine Pütze angenommen, in anderen Teilen Tirols nehmen sie nach ihrem Tod auch eine Tiergestalt an und müssen manchmal noch dazu brennen.

Der bekannteste Holzgauer Putz ist der Geißgassenputz, auch er hatte im Leben Marksteine zu seinen Gunsten versetzt. Dieser Putz geht zwischen den Feldkreuzen hin und her, springt den Leuten auf den Rücken, sitzt den Rössern auf und lässt sie nicht weitergehen. So eine Begegnung machte auch ein Fuhrmann. Sein Pferd wollten auf einmal nicht mehr weitergehen, er aber wollte nach Hause und nicht sein Pferd mit netten Worte bestechen:

„Geh in Gottes Namen!“, rief er, doch das Ross rührte sich nicht.

„So geh in des Teufels Namen!“, rief er dann, nun zog das Ross wieder an.

Ein Bauer aus Holzgau brachte einst ein neues Ross zum Holzziehen herauf, auch dem rief er zu, was er schon so oft den Heuwagenziehern zugerufen hatte:

„Koa Recht, koa Recht!“

Von einer Frau, die einen neuen Feldweg aufbrachte und sich daran bereichert hatte, erzählt man Ähnliches.

Nördlich von der kleinen Gemeinde Hinterhornbach im Außerfern, an der Grenze zu Deutschland, erhebt sich der knapp 2600 Meter hohe Hochvogel, von welchem der Jochbach niederbraust und viele Alpen bewässert, besonders bekannt ist er aber für seinen reichen Bestand an Gämsen.

Auf einer dieser Alpen, auf der Markalpe, da gab es einen sehr sonderbaren Spuk. Ein Kerzenputz musste wegen des Diebstahls einer Kerze da oben geistern. Die Einheimischen erzählen sich darüber Folgendes:

Einmal gingen mehrere Wilddiebe zum Wildern aus und übernachteten in dieser Alpe. Nachdem sie gegessen und getrunken hatten, legten sie sich auf den Heuboden, um zu schlafen. In der Nacht zwischen 11 und 12 Uhr polterte an der Tür ein Mann mit einer langen Kerze in der Hand und fragte unaufhörlich:

„Wo soll ich sie hintun? Wo soll ich sie hintun?“

Einer der Wildschützen schrie den Fragenden barsch an: „Tu sie hin, wo du sie hergenommen hast!“

Da wurde der spukende Mann ganz weiß und sagte, dass er nun erlöst sei. Er habe einmal einer armen Witwe eine Kerze gestohlen und musste daher nach seinem Tode dafür so lange leiden, bis einmal einer seine Frage auf diese Weise beantwortete, wie es eben der Wilderer getan hatte. Hierauf verschwand er für immer von der Alpe.

Der Beißwurm

Viel erzählen die Tiroler Bauern vom Beißwurm, doch wenige wissen, wie er aussieht.

Im Achenseetal kommt der Beißwurm relativ oft vor, er ist besonders dort anzutreffen, wo es öde ist und die Murmeltiere leben, aber ein Murmeltier ist er nicht. Der Beißwurm hat ganz einfach die Gestalt eines Wurmes und ist nicht sehr lang, er hat vielleicht gerade mal eine Länge von 30 Zentimetern. Unter seinem Bauch hat er zwei kleine Füße – andere wiederum meinen, er besäße gar keine Beine – und ist gefährlich giftig. Wenn es eben ist, wo man ihn trifft, dann „schießt" er auf den Menschen vor und beißt, dann kann man ihm nur mehr schlecht entkommen. Wenn es bergab geht, da fällt er und kann sich nicht mehr bewegen. In der Gegend von Pertisau kommt er nur im Wald und in den Bergen vor.

Ein Bauer in der Gegend am Achensee machte „Taxen" im Wald. Es kam ein kleiner Beißwurm aus dem Gebüsch, und wie das der Mann sah, schlug er ihn mit dem abgeschnittenen Fichtenast der „Taxen" tot. Der Mann traute seinen Augen nicht, so schnell kam wieder einer und dann kamen immer mehr, dass er es schon nicht mehr schaffte, sie alle miteinander zu „derschlagen". Nun hörte er ein ganzes Rauschen auf ihn zukommen, so dass er von der Taxenbank fortlaufen musste, um nicht umzukommen.

Auch die Oberinntaler Almen waren von den Beißwürmern befallen und man sagt, ohne die Beißwürmer wäre Galtür nicht Galtür gewesen, und Zeinis nicht Zeinis. Jeder der Hirten konnte etwas über die Beißwürmer erzählen, und viele von ihnen haben sich mit den „Würmern" zum Almlohn noch ein nettes Sümmchen dazu verdient. Vor vielen Jahren bekam man für jeden Kopf einer erschlagenen Kreuzotter eine Krone gezahlt, denn an den Folgen ihres Bisses war schon viel Vieh gestorben. Noch heute sagen die alten Hirten: „Ein Beißwurm gehört darschlaga."

Kreuzottern bringen übrigens lebende Nachkommen zur Welt, was Schlangen sonst eben nicht tun. Ihre Jungen sehen ganz harmlos aus, tragen aber schon das Gift der Kreuzottern in sich. Auf Zeinis hat man erzählt, dass ein deutscher Gast auf der Alm beweisen wollte, wie harmlos sie in Wirklichkeit seien. So ließ er sich absichtlich von jungen Schlangen beißen, noch dazu in die Lippen. Dieser Tourist ist dann zu Hause gestorben, was für die Galtürer auch nicht weiter verwunderlich war.

Da die Nattern den Almleuten und dem Vieh den ganzen Almsommer verderben konnten und auch die Bauern um ihr Vieh auf so einer Alm bangen mussten, war man froh, wenn ein Natternbanner vorbeikam. In Patsch, auf einer Bergterrasse am Eingang des Wipptales gelegen, gab es so eine Alm, auf der es von Schlangen und Beißwürmern nur so wimmelte, dass die Bauern schon bald kein Vieh mehr auftreiben wollten. Eines Abends kam ein Handwerksbursche daher und bat um Nachtherberge in der Hütte. Dieser Bitte kam man gerne nach, und man freute sich auf der Alm, neue Anekdoten und Geschichten zu hören. Er wurde sogar zum Nachtessen eingeladen und die Senner kamen dabei auf die Schlangen zu sprechen. Sie rieten hin und her, wie sie diese Bestien vertreiben könnten, der Handwerksbursche hörte gespannt zu und fragte schließlich, ob sie auch einmal einen weißen Natternkönig darunter gesehen hätten. Als sie dies vehement verneinten, versprach er ihnen, alle Beißwürmer auf der Alpe für immer zu vernichten, wenn man ihm dafür einen gehörigen Lohn auszahlen würde. Darauf gingen die Senner freudig ein und trugen alles zusammen, was ihnen der Bursche ansagte. Als erstes brachten sie ihm Holz, woraus er einen weiten, kreisförmigen Wall errichtete. Gegen Mitternacht trat er in diesen Kreis hinein und zündete das Holz an.

Dann begann er auf eine eigentümliche Art und Weise zu pfeifen und zischen, gerade so wie die Schlangen es tun, und es dauerte gar nicht lange, da wurde es rings um ihn herum lebendig. Aus zahllosen Löchern und Höhlen, aus Sträuchern und Steinhaufen krochen sie heran, der ganze Almboden schien vor Schlangen nur so zu wimmeln. Alle miteinander hatte nur ein Ziel, und das war der brennende Holzkreis, wo sie ins Feuer schlüpften. Auf einmal aber ertönte ein schriller Pfiff. Entsetzt fuhr der Schlangenbeschwörer zusammen und der Schrecken war ihm ins Gesicht geschrieben.

„Der Natternkönig! Ich bin verloren!“, schrie er, und da schoss auch schon eine ungeheuer große, weiße Schlange durch die Luft und bohrte sich durch den Oberkörper des Unglücklichen. Sodann stürzte sie sich ebenfalls in die Flammen. Seitdem blieb die Alpe von den Giftschlangen verschont.

Das war der Natternkönig gewesen, und hätte der Natternbanner gewusst, dass ein König unter ihnen war, so hätte er einen anderen Zauber gewählt. Dann hätte er einen Baum in einer gewissen Höhe abgehackt, um dessen Umfang das Feuer angezündet und sich dann auf den Baumstumpf hinaufgestellt. Die weiße Schlange wäre dann herangeschossen und gegen den Baumstrunk „getuscht“ und hätte sich dabei den Kopf zertrümmert. Der Handwerksbursche aber wäre auf diese Weise am Leben geblieben.

Die Kröte in der Wallfahrtskirche

Eine Bäuerin aus Bayern, welche ganz dicht an der Tiroler Grenze wohnte, gab einst das Gelöbnis ab, eine Wallfahrt zur Muttergottes in Absam zu machen. Sie kam aber leider nie dazu, dies auch zu machen, ob aus Nachlässigkeit oder aus Mangel an Zeit, das weiß leider niemand. Als nun die Bäuerin gestorben war, ist es ihr dafür übel ergangen, denn nun musste sie die versprochene Wallfahrt nachholen – in der Gestalt einer Kröte. Mei, hatte die auf ihrem Weg zu leiden. Ein Bauer bemerkte sie am Wegesrand und wollte sie mit einem langen Stock erschlagen, der nächste war nicht viel gescheiter, der wollte sie zertreten, und ein dritter „klaubte" sie auf und warf sie über einen hohen Felsen. Nachdem sie so viele Torturen hatte über sich ergehen lassen müssen und so oft den Weg ein weiteres Mal bestreiten, kam sie endlich in Absam bei der Wallfahrtskirche an. Nun war es der Mesner von Absam, der ihr den Weg versperrte und sie nicht in die Kirche hineinließ. Zweimal warf er sie wieder zur Vorkirche hinaus, und dann gelang es ihr doch, an einem Nachmittag ungesehen bis zum Gnadenbild vorzudringen. Dort faltete die Kröte ihre vorderen Füßlein wie zum Gebet und begann zu beten. Mit einem Mal hat sie sich als heller Streifen erhoben und ist zum Fenster hinausgeflogen, worüber die Leute in der Kirche nicht wenig erstaunt waren. So ist also die arme Seele erlöst worden.

Auch im Schwazer St.-Michael-Kirchlein sah man lange Zeit eine große Kröte zum Altar kriechen. Das geschah meistens an den Vorabenden hoher Festtage. Die Kröte richtete sich dann auf und stand auf den Hinterfüßen, die Vorderfüße hielt sie so zusammen und in die Höhe, als ob sie sie zum Gebete gefaltet hätte.

Ebenso in der Wallfahrtskapelle Maria Rast, etwa eine halbe Stunde oberhalb von Zell, am Hainzenberg, wurde lange Zeit eine Kröte vor der Kirchentür gesehen. Meistens fand sie der Mesner, wenn er in der Früh zum Läuten der Kirchenglocken ging. Am Anfang hat er die große, hässliche Kröte noch mit dem Fuß weggestoßen, irgendwann aber wurde es ihm zu viel und er warf sie endlich den Berg hinunter. Aber alles half nicht, am andern Tag saß die Kröte wieder vor der Kirchentür. Da ließ er sie endlich in das Gotteshaus hinein und – siehe da – die Kröte kroch geradewegs auf den Hochaltar zu. An dessen Stufen angekommen, stellte sie sich auf die Hinterfüße und faltete die vorderen „Pratzlan" wie zum Gebet. Nun ging das Tier wieder hinaus und wurde nie mehr gesehen. Man erzählt sich, dass dies eine büßende Prinzessin gewesen sei, die hier so lange als hässliche Kröte leiden musste, bis man sie endlich in die Kapelle hineingehen und beten ließ.

Da ging einmal einer nach Gries im Sulztal, einem Ötztaler Seitental, wallfahren. Wie er „auf die Höhe" kam, da sah er eine Kröte vor sich auf dem Weg in der Sonne sitzen. Er nahm seinen Stecken und schlug sie über den Wegrand hinaus, dass sie in die tiefe Schlucht hinunter bis zum Fischbach kugelte.

Sieben Jahre später ging dieser Mann wieder nach Gries wallfahren. Und wieder sah er die Kröte, aber einige Schritte unterhalb vom Weg, im Gras sitzen. Jetzt hörte der Mann die Kröte reden:

„Ich hab einmal in meinem Leben eine Wallfahrt nach Gries versprochen, hab aber mein Versprechen nicht gehalten. Zur Strafe muss ich jetzt als Kröte diese Wallfahrt machen. Vor sieben Jahren hast du mich da hinuntergeschlagen und sieben Jahre mühte ich mich ab, wieder heraufzukriechen."

Ein Innsbrucker Fuhrmann war am Zirler Berg unterwegs und fuhr gerade durch Leithen, da sprang ihm eine Kröte auf den Wagen.

„He, du Luder, hinunter mit dir!“, rief er und fegte sie mit seiner Hand vom Wagen.

Keine fünf Meter weiter, da war sie schon wieder neben ihm.

„Ah, des musst gesehen haben, hinunter, du schiache Kroten“, rief er erbost und hat sie ein weiteres Mal mit seiner Hand vom Wagen gefegt.

Nun war sie aber schon wieder da, und da bekam der Fuhrmann Mitleid mit ihr und ließ sie mitfahren. Als er schließlich auf dem Kirchplatz von Seefeld hielt und zur Kröte neben sich sah, da saß plötzlich ein bildhübsches Mädchen neben ihm.

„Da schaust du, Fuhrmann, gell. Ich habe vor vielen Jahren eine Wallfahrt nach Seefeld versprochen, aber dieses Versprechen nicht gehalten. Nach meinem Tod musste ich mich nun als Kröte auf den Weg machen und bin jetzt, dank dir, erlöst.“

Der Fuhrmann setzte sich seine Brille zurecht, schaute sie verdutzt an und die junge Frau verschwand in die Kirche und wurde nie mehr gesehen.

Von der großen Sterb

Vor vielen, vielen Jahren war einmal die Pest im Stubaital und die Menschen starben wie die Fliegen, man konnte sie gar nicht so schnell unter die Erde bringen, wie schon wieder neue Leichen gebracht wurden. So lagen die Leichen von der Pfarrkirche zu Telfes bis zum Ende des ziemlich langen Dorfes. Damals war nämlich noch die Pfarrkirche in Telfes die einzige Kirche im Tal. Nach und nach sind alle Menschen im Tal an dieser schrecklichen

Seuche gestorben, nur zwei alte Leute in Neustift haben überlebt. Diese saßen eines Abends vor der Tür ihrer hölzernen Hütte und besprachen sich eben, was aus ihnen werden solle. Da kam ein spannenlanges Mandl und sang:

„I bin so grau und bin so alt,
Denk Spitzwies' zweimal Wies' und zweimal Wald –
Esst Kranewitt und Bibernell,
Dann packt enk der Tisel nöt so schnell."

Darauf verschwand das Ung'schicht wieder. Sie aßen auch wirklich beide Wacholderbeeren und Bibernell und blieben von dem „Tisel", wie Ansteckungskrankheiten umgangssprachlich genannt werden, verschont. Später kam dann das „Ung'schichtl" öfters zum alten Ehepaar auf „Hoangart", insbesondere, wenn draußen die Schneeflocken wirbelten und der Gletschersturm heulte. Dann saßen sie zusammen auf der Ofenbank und unterhielten sich über Feldbau und Viehzucht und bekamen manchen guten Rat.

Auch im Zillertal wütete einst die „große Sterb", wie die Pest auch genannt wurde. Nur zwei arme Dienstboten bleiben vom Tod verschont, wussten aber nicht voneinander. Es waren dies der Knecht Lenz, Laurenz mit Namen, der in einem Weiler nahe bei Mayrhofen lebte, und eine Dirn, welche in einer Hütte am gegenüberliegenden Zillerufer zu Hause war. Ganz traurig, weil alle ihre Verwandten und Bekannten gestorben waren und sie nun ganz alleine war, ging sie einmal hinab zum Fluss. Nun war sie doch nicht ganz so allein, denn das murmelnde Wasser sprach ruhig und monoton in seinem eigenen Singsang. Als sie sich umblickte, da sah sie aber zu ihrer größten Freude auf den Feldern des jenseitigen Ufers den ihr wohlbekannten Knecht und rief, so laut sie konnte:

„Ho, Lenz!“

Dieser freute sich ebenso, endlich einem Menschen zu begegnen, und sprang mit dem Rufe: „Burgal!“ in den Ziller, watete zu dem Mädchen hinüber, und kurze Zeit darauf heirateten sie.

Seitdem nennt man die Weiler, in welchen die Stammeltern der Zillertaler wohnten, Holenzen und Burgstall.

In einer lauen, stillen Maiennacht kam die große Sterb, auch „Schwarzer Tod“ genannt, in die Wildschönau. Niemand sah sie kommen, ganz plötzlich war sie da und keiner wusste, warum oder woher.

Ins Tal hinein zog aber ganz leise ein sonderbares Paar, schleichend und schleppend wie Gespenster zum nächtlichen Totentanz. Der Mann trug eine Sense über der Schulter und die Frau einen Rechen – für die Heuarbeit war es aber noch zu früh. Es war der Tod, der ins Tal zog, mit seiner Frau, der Tödin.

Das gesamte Tal sollte abgeerntet werden, und je mehr Menschen sie das Leben ausbliesen, desto besser – niemand sollte am Leben bleiben. Während der Mann die linke Talseite nahm, schritt die Tödin eilends den rechten Hang hinauf. Und der Schwarze Tod leistete ganze Arbeit und die Ernte war gut. Da sah die Tödin noch einen jungen Mann am Leben. Sie nahm ihren Rechen und wollte ihn fangen, doch da brach ein Zinken und der schlanke Bursche schlüpfte gewandt hindurch. Er allein entkam dem Tode und war der einzige Überlebende aus der Wildschönau.

Nach anderen Berichten sind in der Wildschönau genau zwei Menschen übrig geblieben – ein Mann und eine Frau. Diese trafen sich auf dem hohen Joche am Übergange vom Notterberg zur Holzalpe bei dem Holzgitter, das, in den Zaun eingeflochten, die Durchgangsstelle bildet. Unter Tränen fielen sich die beiden vor

Freude um den Hals, und daher heißt das Gitter bis heute das „Halsgatterl.“ Von diesem Paar stammt aber die gesamte Bevölkerung der Wildschönau ab.

In der Wattener Lizum befand sich vor Jahren ein großes Almdorf, wo die Senner und die Sennerin den ganzen Sommer über zur Käsebereitung große Kessel aus reinstem Kupfer verwendeten.

Die waren so schwer, dass etliche Ochsengespanne es nicht geschafft hätten, sie von der Stelle zu bewegen, auch waren sie viel zu groß, als dass sie bei der Almabfahrt über die steilen, schmalen Weg hätten fortgeschafft werden können. Darum hoben die Almleute, ehe sie im Herbst talwärts zogen, große Gruben aus, und senkten die wertvollen Kupferkessel hinein. Dann deckten sie sie bis oben hin mit Erde zu.

Im Frühjahr, ehe die Almwirtschaft wieder anfing, wurden die Kessel wieder ausgegraben. Mei, war das eine Arbeit, aber es ging eben nicht anders, und die stärksten Männer und viel Vieh mussten dabei helfen, die Kessel wieder auf den Almboden heraufzuziehen.

Dann aber brach in Wattens die Pest aus und holte sich aus jedem Haus und jedem Hof Opfer um Opfer, bis der eisige Winter ihrem Wüten ein Ende setzte. Als man dann im neuen Frühjahr auf die Alm ging, um wie jedes Jahr die Kessel auszugraben, da war keiner mehr am Leben, der wusste, wo sie eingegraben waren. Die ganze Alm suchten sie ab, gruben viele Löcher in den Almboden, aber so viel sie auch suchten, die Kupferkessel wurden nicht gefunden. Bis heute ist der große Kupferschatz der einstigen Lizumer Alm nicht wieder zum Vorschein gekommen.

Der Robler

Es war einmal ein Bursche, mit guter Statur, bepackt mit riesigen Muskelpaketen. In seiner Gemeinde gab es keinen Burschen mehr, den er im Ringkampf, auch „Robeln“ genannt, nicht besiegt hätte. Und einem jeden von ihnen hatte er „das Federl“ abgenommen. Das war eine ausgemachte Sache und er war der beste Robler im ganzen Dorf.

Doch damit war er nicht zufrieden. Auch außerhalb seines Dorfes sollte man seinen Mut und seine Stärke kennen. Sein Ziel war es, der beste Robler unter den Roblern im ganzen Land zu werden.

Um sich aber diesen Ruhm zu erkämpfen und zu sichern, verließ er sich nicht nur auf seinen angeborenen Trotz und Mut sowie auf seine natürlichen Körperkräfte. Er plante, mit höheren Mächten einen Bund einzugehen, denn er hatte einmal gehört, dass derjenige unbesiegbar werde, der in der Mitternachtsstunde die letztbestattete Leiche ausgrabe. Mit der Leiche müsse man dann dreimal um den Friedhof herumziehen, ihr Leichenhemd tragen und sie wieder begraben, und dies alles musste in einer Glockenstunde vollbracht sein.

Da starb die alte Mutter des Dorfwirtes und ihre Leiche wurde unter den Tränen ihrer Kinder und Enkel nach christlicher Tradition bestattet. Nun hatte der kecke Raufer keine Rast und Ruhe mehr. Unwiderstehlich drängte es ihn, sein finsteres Werk zu vollbringen. Schlag zwölf Uhr um Mitternacht stand er daher am frischen Grabeshügel, mit Schaufel und Werkzeug über seiner Schulter und eine düster leuchtende Laterne in seiner Hand. Kein Stern schimmerte am Himmel, es war eine dunkle, rabenschwarze Nacht. Das Rasseln des Uhrwerkes, als es die zwölfte Stunde schlug, hatte einige Fledermäuse aufgeschreckt, die nun um den düsteren Schein der Laterne flatterten – sonst regte sich kein lebendiges Wesen.

Zielstrebig begann er nun zu arbeiten und pickelte und schaufelte, bis der Sarg freilag. Mit starken Armen hob er den Leichnam auf, zog sich eiligst das Leichenhemd an und begann keuchend damit, die Leiche dreimal um den Friedhof zu tragen. So schwere Last hatte er noch nie in seinem Leben so weit getragen. Es kam ihm vor, als hätte er einen Felsblock bergauf zu wälzen, beinahe fürchtete er, unterliegen zu müssen. Der schauerliche Umzug war nun vollbracht, die Leiche wurde wieder in den Sarg gelegt und in das leere Grab gesenkt.

Schnell füllte er nun das Grab mit der Erde auf und formte diese zu einem Hügel, aber die Stunde musste nun auch bald abgelaufen sein. Als er sein Werkzeug zusammengerafft und die Laterne in die Hand genommen hatte, hob sich knarrend der Hammer an der Turmuhr, um die erste Stunde nach Mitternacht anzuzeigen. Da fing es sich auf dem Friedhof plötzlich an zu regen und zu klappern, als ob Bein zu Bein sich fügte und die Toten aus ihren Gräbern auferstehen wollten. Dem Burschen war nicht wohl ums Herz, denn verwegen hatte er die Ruhe der Toten gestört und die Strafe seiner gottlosen Tat schien ihn nun zu ereilen. Er sah, dass er es unmöglich noch schaffen würde, vor Schlag ein Uhr das Gitter des Friedhoftores zu erreichen. Die Angst erhöhte seine Kräfte und in einem Satz war er auf dem kürzesten Weg; während es von dem Turm herab einmal tönte, hechtete er über die Friedhofsmauer. Er war nun außer dem Bereich der Toten, gerettet und frei, und was ihm das Wichtigste war, er trug das Totenhemd auf seinem Körper. In seinem Hechtsprung über die Friedhofsmauer schien es ihm aber, als streckte eine Hand sich nach ihm aus, um ihn an den Knöpfen seiner Lodenjacke festzuhalten, und wirklich bemerkte er mit kaltem Schauder, dass ein Zipfel aus seiner Jacke wie mit glühenden Zangen herausgerissen war. Dies hatten die armen Seelen getan, mit ihren von den Flammen des Fegefeuers glühenden Händen, denn tags darauf sahen die Kirchgänger auf jedem Grabeshügel des ganzen Friedhofes ein und dasselbe Stück Lodenfleck und konnten sich die Sache nicht erklären.

Der Robler aber war nun der beste Kämpfer seiner Zeit. Noch wilder blitzten seine Augen, noch verwegener ragte die Spielhahnfeder auf seinem schief sitzenden Hut, und seine Rechte mit dem Schlagring war immer geballt und schlagfertig. Weit und breit war ihm keiner im Ringen und Raufen gewachsen, denn einem jeden nahm er spielerisch leicht „das Federl" ab. Doch soll ihm niemals wieder ein Beichtvater seine Sünde vergeben haben und bei der Wandlung in der Kirche hat er die heilige Hostie nie mehr anders als schwarz gesehen.

Herzog Friedrich mit der leeren Tasche

Herzog Friedrich IV. war den Tirolern immer ein guter Landesfürst und sein Name ist bis heute den meisten bekannt, was wohl auch mit seinem Beinamen „mit der leeren Tasche" zu erklären ist. Zu dem eigentlichen Spottnamen kam es, weil Friedrich den Gegenpapst, der sich Papst Johannes XXIII. nannte, unterstützt hatte und mit ihm auf dem Konzil von Konstanz 1415 von Kaiser Sigismund geächtet wurde. Friedrich hat daraufhin viele der habsburgischen Kerngebiete an die Schweizer verloren, worauf sein Spottname „mit der leeren Tasche" anspielt. Als Geächteter war Friedrich „vogelfrei" und musste sich verstecken, um nicht von irgendwem aufgeknüpft zu werden, der sich dadurch noch einen Verdienst erworben hätte. Die Tiroler Bauern boten ihm dabei sehr oft Unterschlupf, und als er wieder Landesfürst war, hat er ihnen aus Dankbarkeit Privilegien in der Verfassung eingeräumt.

Vor allem von sehr alten und meist auch abgelegenen Tiroler Bauernhöfen wird erzählt, dass sich hier einst der Landesfürst versteckt gehalten hat. So auch vom Rofnerhof im hinteren Ötztal. Bevor Herzog Friedrich jedoch diesen weiten Weg antreten konnte, soll er sich einige Zeit im alten Widum von Flaurling verborgen gehalten haben.

Zu Herzog Friedrichs Zeiten stand in Rofen nur ein Hof, heute jedoch sind dort zwei Häuser. Der damalige Besitzer Ruzo nahm den Herzog auf; wie die Alten erzählten, kam er gerade, als sie beim Dreschen waren. Herzog Friedrich wollte natürlich von niemandem erkannt werden und ließ sich daher als Knecht anstellen. Er half einen ganzen Winter lang fleißig bei jeder Bauernarbeit mit. Aus Dankbarkeit soll er dem Rofner Bauern später einige Vorrechte gewährt haben, wie zum Beispiel die Steuerfreiheit, die noch bis ins 19. Jahrhundert ihre Gültigkeit hatte.

Auch in der Leutasch soll der Landesfürst bei treuen Bauern Unterschlupf gefunden haben. Abwechselnd konnte er sich auf zwei Höfen verstecken, dem Zensen- und dem Ziskenhof. Aus Dankbarkeit verlieh er den Höfen später die Salzfreiheit, welche aber später von Kaiser Joseph II. wieder aufgehoben wurde. Die Familie der Reindl, die eben auf diesen Höfen ansässig war, wusste auch noch zu berichten, wie der Herzog aus Innsbruck fliehen konnte:

Ein treuer Diener des Landesfürsten erinnerte sich der früher mehr oder weniger bekannten „Ofenbeichte“, wobei dem Feuer die Sünden anvertraut wurden. Dieser sprach nun von dem Dienstbotengang aus, wo sich die

Ofentüren zum Beheizen der fürstlichen Zimmeröfen befinden, zum Ofen des Landesfürsten:

„Ofen! Dir kann ich es ja sagen, denn einem Menschen darf ich es nicht erzählen, sonst würde ich eidbrüchig werden!"

Nun wurde der Herzog Friedrich hellhörig und spitzte die Ohren.

„Heute Nacht werden sie meinen Herren gefangen nehmen und wegführen!"

Da wusste Herzog Friedrich Bescheid und konnte schnell das Weite suchen.

Auch in Landeck wurde der ehemalige Landesfürst von mehreren Bauern aufgenommen und hat sich sogar öffentlich gezeigt. Eines Abends erschien auf dem Zappenhof, der zwischen Tobadill und Perfuchsberg liegt, ein Fremder mit einer Laute unterm Arm und spielte einige wehmütige Lieder. Der Bauer, der sich mit seiner Familie in der Stube befand, ging hinaus und lud den Sänger zu sich ins Warme ein, um mit ihnen zu essen und zu trinken. Herzog Friedrich nahm dankend an und nach dem Essen begann er der Bauernfamilie viel zu erzählen. Dazu nahm er seine Laute und besang in wehmütigem Ton das Schicksal eines Ritters, der, von Haus und Hof vertrieben, von Freunden und Untertanen verlassen, hilflos und elend in der Welt herumirren musste. Da kamen allen Anwesenden die Tränen, ja selbst der Bauer selber hatte mit „Augenwasser" zu kämpfen. Als der Sänger diese innige Anteilnahme sah, gab er sich mit den Worten zu erkennen:

„Ich bin Friedel, euer Landesfürst."

Nun ertönte endloser Jubel in dem Bauernhaus. Schnell wie der Wind verbreitete sich die Freudenbotschaft, und am nächsten Tag strömten die gesamten Einwohner der Umgebung auf den Kirchplatz von Landeck, um den heißgeliebten Fürsten zu sehen.

Auch auf vielen Südtiroler Höfen hielt sich der Herzog lange Zeit versteckt, bis er schließlich, zehn Jahre nachdem er mit dem Reichsbann belegt worden war, seine Position als Landesfürst wieder gefestigt hatte. Der Tiroler Adel jedoch verpasste ihm den Spottnamen „Friedel mit der leeren Tasche".

Als der Tiroler Landesfürst von diesem Schmähnamen erfahren hatte, meinte er nur kurz:

„Ich will meine leere Tasche wohl noch füllen!"

Und durch weise Sparsamkeit und geschicktes Wirtschaften konnte er schon bald wieder ein Vermögen anhäufen und zur Beschämung der adeligen Spötter ließ er das „Goldene Dachl", eines der Wahrzeichen Innsbrucks, erschaffen. So konnte jeder, der nach Innsbruck kam, sehen, dass die Taschen des Landesfürsten gut gefüllt sein mussten, wenn er in der Lage war, selbst sein Dach über dem Kopf mit Gold zu beschichten.

Inhalt

Die schönsten Sagen bei
HAYMON taschenbuch

Die österreichischen Sagen-Experten Wolfgang Morscher und Berit Mrugalska haben die schönsten Sagen aus allen neun österreichischen Bundesländern sowie aus Südtirol gesammelt: Mehr als 500 bezaubernde und spannende, romantische und unheimliche Geschichten aus allen Regionen Österreichs und Südtirols.

Die schönsten Sagen aus dem Burgenland
ISBN 978-3-85218-842-3

Die schönsten Sagen aus Kärnten
ISBN 978-3-85218-837-9

Die schönsten Sagen aus Niederösterreich
ISBN 978-3-85218-841-6

Die schönsten Sagen aus Oberösterreich
ISBN 978-3-85218-840-9

Die schönsten Sagen aus Salzburg
ISBN 978-3-85218-836-2

Die schönsten Sagen aus der Steiermark
ISBN 978-3-85218-838-6

Die schönsten Sagen aus Südtirol
ISBN 978-3-85218-834-8

Die schönsten Sagen aus Tirol
ISBN 978-3-85218-833-1

Die schönsten Sagen aus Vorarlberg
ISBN 978-3-85218-839-3

Die schönsten Sagen aus Wien
ISBN 978-3-85218-835-5

Jeder Band: 160 Seiten, € 9.95/SFr 17.50
Haymon Taschenbuch 2010

www.haymonverlag.at